DIX-SEPT ANS

ÉRIC FOTTORINO

DIX-SEPT ANS

roman

GALLIMARD

I

Un dimanche de décembre

Un dimanche de décembre, ma mère nous a invités à déjeuner chez elle. Ses trois fils, nos compagnes, notre ribambelle d'enfants. Je n'étais plus revenu ici depuis la mort de papa. Depuis la fin des temps. Je n'ai jamais aimé cette maison. Mes parents l'avaient acquise au début des années quatre-vingt, peu avant leur rupture. Un achat bizarre et même incompréhensible. La vaine poursuite d'un rêve bucolique. Ils disaient que la future voie rapide mettrait La Rochelle à vingt minutes. Que la circulation serait déviée. Qu'on n'entendrait plus la rumeur de la nationale, le chassé-croisé des camions, tard dans la nuit.

Quand l'endroit fut calme enfin, il ne restait plus rien de nous.

Ma mère était partie vivre à Nice. J'étudiais déjà le droit à Bordeaux. Mes jeunes frères avaient migré chez notre tante de Royan. Seul mon père avait tenu bon. Mais il s'était replié dans la partie réservée à son cabinet, avec le couloir minuscule qui lui servait de salle d'attente et la nuit, de chambre à insomnies sur le canapé avachi. Les autres pièces étaient retombées dans une obscurité menaçante qui masquait le délabrement général. Au fil des mois, il avait laissé la maison couler, à l'image de son couple naufragé. On avait tous fichu le camp, les femmes et les enfants d'abord. Lui avait joué les capitaines du *Titanic* avant de se tirer une balle dans la tête sur le siège passager de son antique Lada, à force de solitude trop appuyée. La veille, notre père avait pris soin de nous écrire, à nous ses fils, une lettre brève pour chacun, signée de son nom en pattes de mouche, Michel Signorelli. Sans doute le cœur lui avait-il manqué d'écrire «papa». Puis il avait accompli son geste hors de la maison. Ce fut sa dernière attention. Y compris envers maman qui put se réinstaller sur place après de longues années passées sur la Côte d'Azur. Il lui avait épargné la hantise de voir un fantôme derrière chaque porte.

Je suis arrivé le premier avec Sylvie et Apolline, notre fille de onze ans. Théo était resté à Bordeaux. Un tournoi de foot avec les poussins des Girondins. En me penchant pour embrasser ma mère, j'ai trouvé qu'elle était plus petite qu'avant. À force de la voir si peu, elle prenait moins de place sur la terre. Dès qu'ils nous ont aperçus, ses deux chats ont filé au jardin. La preuve de sa solitude, c'étaient ses chats. Nul autre qu'elle ne pouvait les caresser, une boule de poils noirs et une autre tigrée, un feu follet. En les voyant cavaler, j'ai pensé femme seule égale chats. Elle m'a serré sans un mot, un sourire en guise de

bonjour, avec sa canine en avant que découvrait légère-
ment sa lèvre supérieure. Enfant elle m'impressionnait,
cette pointe rebelle qui sortait du rang. Une envie de
mordre. Alors qu'elle retournait à la cuisine surveiller une
paella énorme — comme à l'accoutumée il y en aurait
deux fois trop et elle nous presserait d'en emporter chez
nous —, j'ai remarqué la décoration des murs que ma
mère avait fait décaper depuis son retour de Nice. Des
lampes d'argile nées de sa main envahissaient l'enfilade
de pièces qui menait au salon. Le revêtement de plâtre
avait sauté, laissant apparaître les pierres nues et dorées
de Saintonge. Un feu ronflait dans la cheminée, son foyer
juché sur un écrin de briques rouges.

Mon regard a buté sur les sculptures en bois flotté de
maman fixées sur leur socle gris. Un oiseau décharné,
une danseuse aérienne, des amoureux enlacés. J'y voyais
invariablement des cadavres rejetés par la mer, des corps
suppliciés. Je suis monté à l'étage déposer nos manteaux
sur son lit. Sa chambre était éclairée d'une douce lumière
qui tombait d'un œil-de-bœuf. Elle semblait le seul lieu
paisible de cette maison, avec son atelier aménagé dans
l'ancien cabinet de kiné, à la place des grilles en fer, des
poulies et des sacs de sable laissés par celui qui jusqu'au
bout fut son mari — je n'ai pas le souvenir qu'ils aient
divorcé, ou alors pour faire une fin. Près de son lit, ma
mère avait accroché des photos de nous. Celles où j'apparaissais étaient souvent plus grandes que les autres. Je me
suis demandé ce que pouvaient bien ressentir François
et Jean, mes jeunes frères. Non que je fusse le fils préféré,
ni que mon statut d'aîné me conférât un quelconque

privilège. C'était plus obscur, de l'ordre du non-dit : j'étais le survivant d'une histoire trouble qui nous avait séparés, une histoire douloureuse oubliée à dessein. Dans l'esprit de maman, la taille des photos devait sans doute compenser la distance que les années avaient creusée entre nous et même à l'intérieur de nous. Mais que savais-je de l'esprit de maman ? Quand je la voyais, je retombais dans un marécage de tristesse et de mélancolie. Mes peurs revenaient malgré moi. Éternel gamin inquiet d'être oublié à la sortie de l'école. Tout exaspérait ma mère. La vie qui lui avait échappé, ses espoirs déçus, ses désirs inassouvis, les œuvres qu'elle n'avait pas créées, les occasions perdues, sa solitude à crever. Elle s'agaçait de son âge, du fait qu'il était trop tard pour recommencer à zéro, qu'il était trop tard pour tout et d'abord pour être heureuse, en paix avec elle-même, avec les ombres et les morts. Avec les vivants aussi.

On s'est retrouvés au complet. Dès l'entrée, d'une voix qu'elle voulait enjouée, notre mère nous lança qu'après le repas elle entendait nous parler à nous seuls, ses garçons. On s'est regardés, stupéfaits. Sylvie a donné le change en proposant d'emmener tout le monde dans la Venise verte pour une balade en barque, les couleurs de fin d'automne étaient splendides sur les canaux. Un frisson glacé m'a parcouru de la moelle épinière au sommet du crâne. Mon cœur s'est mis à tambouriner comme s'il avait voulu partir à toutes jambes. En un quart de seconde j'ai pensé que ma mère était malade, ou qu'à bientôt soixante-quinze ans elle avait choisi de mourir dans la dignité selon un protocole établi en Suisse ou dans un pays nordique, elle qui détestait le froid. C'était ça, elle allait nous annoncer la date de sa mort. François a voulu plaisanter en lui demandant si elle avait gagné au loto, mais sa voix sonnait faux. Jean sifflotait entre ses dents, signe de sa nervosité avec les mouvements frénétiques de son pied droit.

« Ça sera rapide », a dit maman, croyant couper court à la panique muette qu'elle avait provoquée. Elle a servi son crumble aux framboises décongelées avec un sourire que je savais forcé. J'ai reconnu les vieilles assiettes à dessert qu'elle avait héritées de ma grand-mère, des scènes de guerre napoléoniennes richement décorées, le nom des batailles victorieuses se détachant sur la porcelaine vernie. Je les avais toujours vues, avec leurs grognards à la trogne féroce, tout de bleu et de rouge vêtus, plastrons blancs, sabres au clair. Et la figure impavide de l'Empereur à cheval ou sous sa tente, avec ses généraux.

Ce déjeuner, c'était Waterloo.

On s'est dépêchés de boire le café. Puis Sylvie a donné le signal du départ aux belles-sœurs et aux enfants. Maman s'est assise au bout de la table, le buste droit, les coudes plantés devant elle. Mes frères se sont rapprochés. D'instinct je me suis tenu à l'écart, le plus loin possible des mots qu'elle allait prononcer. Curieusement, c'est moi qui avais la gorge sèche. Avant même qu'elle se lance, le corps de maman s'est mis à trembler. Jean lui a pris une main, François l'autre. Le vent a rabattu les volets. Il a fallu quelques minutes à notre mère pour qu'elle retrouve son calme. Ses lèvres, son menton, sa

15

mâchoire, plus rien ne lui obéissait. Un mouvement irrépressible hachait sa voix.

Je me suis rencogné sur ma chaise. Je tremblais aussi mais de l'intérieur, toujours infirme à montrer mes sentiments dès qu'il s'agissait de maman. Une maladie infantile. La rougeole, les oreillons, les rhino-pharyngites en rafale, je m'étais sorti de tout. Pas de l'éloignement. Un désamour tenace envers cette petite femme que j'avais longtemps appelée par son prénom, Lina. Dix fois par jour j'oubliais que j'étais son fils. Et autant de fois, je m'efforçais de m'en souvenir.

— Ne m'interrompez pas.

Elle cherchait sa respiration. Pour qu'elle soit si pâle, son sang avait dû geler dans ses veines.

— Le 10 janvier 1963...

Elle a recommencé comme on se redonne de l'élan.

— Le 10 janvier 1963, j'ai mis au monde une petite fille. On me l'a enlevée aussitôt. Je n'ai pas pu la serrer contre moi. Je ne me souviens même pas de l'avoir vue. D'avoir vu d'elle le moindre détail. Elle n'est pas rentrée dans mes yeux.

Maman s'est arrêtée encore. A fermé les yeux, justement, à la recherche d'un visage qui se dérobait. Les a rouverts.

— Je n'ai gardé de cette petite aucune image, rien qu'un vide immense. Irréparable et désespérant. Je pourrais douter que ce moment a vraiment existé. La seule chose qui m'est restée, c'est la violence.

Chaque phrase était un arrachement. Une souffrance

emplie de soupirs, de silences. On s'est observés, mes frères et moi, guettant sur nos visages l'effet de cette annonce insensée. Notre mère ne nous a pas laissé le temps de réfléchir. Il fallait l'écouter. Écouter sa douleur, ces paroles qui faisaient irruption dans la salle à manger par-dessus la paella refroidie.

Elle a repris d'un ton moins heurté. Les couleurs lui revenaient. François et Jean l'encourageaient du regard. Le mien flottait, loin.

— J'avais honte de vous raconter cette histoire. J'en ai tellement entendu. Je l'entends encore, ma mère. Fille des rues, traînée, putain. Oui, je plaisais aux garçons. Oui je cédais. J'avais besoin de me sentir aimée. Juste aimée. Quand on est transparente pour sa mère, on veut être aimée. Même quelques minutes. On habite complètement le corps de l'autre, il devient notre seul domicile fixe. On se colle à lui. On s'accroche à un mot, à un geste gentil. On mendie la chaleur d'une peau, une main rassurante. Une présence. Ça ne valait pas grand-chose, mais c'était mieux que rien.

Elle a cherché nos regards. C'est idiot mais à cet instant j'ai entendu la voix de mon père quand il l'appelait Biquette.

— Ce que j'aimais dans le sexe, c'est le sommeil qui venait après. Le sommeil profond. Un étourdissement. J'ai honte encore de vous le dire maintenant. Il ne faut pas me juger. S'il vous plaît, ne me jugez pas.

— Continue maman, ont dit mes frères d'une seule voix.

— Ce n'était pas de l'amour. C'était de l'oubli. Voilà

ce que c'était. J'étais submergée par l'oubli. Je me noyais dedans. Pendant les étreintes je disparaissais.

Les yeux mi-clos, elle poursuivait son récit sans trébucher.

— J'avais rencontré un étudiant, c'était deux ans après Moshé, le père d'Éric. Ton père juif de Fès, a-t-elle ajouté en me fixant. Lui aussi venait du Maroc. Vous allez dire : encore ! Oui, encore. Un Arabe, cette fois. Ce n'était pas l'amour comme avec Moshé. C'était l'amour avec rien autour. On est restés ensemble quelques mois. Il me désirait. Je prenais son désir pour des sentiments. Je me contentais de peu. Quand je me suis retrouvée enceinte pour la deuxième fois, ma mère est entrée un matin dans ma chambre. Elle m'a agité un papier sous le nez. «Tu signes ici.» J'ai signé. Je me sentais coupable. Tout ce mal que je lui avais fait. Je méritais une bonne leçon. Un châtiment qui me marquerait au fer. Je pensais ça. Je pensais avec le cerveau de ma mère. J'avais signé une promesse d'abandon. Cet enfant qui poussait dans mon ventre n'était déjà plus le mien. Il ne serait jamais mon enfant. Je ne l'ai pas attendu. J'ai fait comme si c'était une autre. Comme si j'étais une autre. Une mère porteuse qui ne portait personne. Qui portait malheur. Toutes ces années j'étais absente de ma propre vie. Pour votre grand-mère j'étais une Marie-couche-toi-là. Dans mes entrailles pourtant des mains s'ouvraient qui n'étaient pas les miennes, des doigts transparents, des yeux aveugles. Une petite tête grandissait, et un cœur au galop.

Elle a de nouveau cherché nos regards. Le sien s'était brouillé. Des larmes roulaient sur ses joues, deux minces rivières que les flammes de la cheminée faisaient briller dans la semi-obscurité.

— Il m'a fallu des années pour retrouver l'estime de moi. C'est mon métier d'infirmière qui m'a sauvée. M'occuper des gens, les soulager. Éprouver leur reconnaissance muette. Surtout les plus âgés, quand je venais pour leur toilette. Je faisais ce qui rebutait tout le monde. Plus je les lavais, plus je me sentais propre. Parfois j'étais le dernier visage qu'ils voyaient avant de mourir. Ils serraient ma main. Ils me confiaient tout ce qu'il leur restait de tendresse. Je me souviens d'une petite mamie qui n'avait plus de famille, d'un vieux monsieur que ses enfants avaient laissé tomber. Leurs yeux fixes et apeurés. Je caressais leur visage, je leur parlais tout bas, je les berçais. Ils mouraient dans ma main et c'est leur âme qu'ils m'offraient. Le courage de vivre. C'était comme si mon père m'avait aimée. Comme si ma mère m'avait aimée. À force, j'ai fini par me pardonner.

— Te pardonner quoi ? a réagi François.

— Le mal que j'avais fait. Les curés, les bonnes sœurs, ils étaient tous à me sermonner. Est-ce que je me rendais compte de la peine que j'infligeais à ma pauvre maman qui bataillait pour joindre les deux bouts ? À l'époque un enfant sans mari, c'était une maladie infamante. J'en avais déjà un, ça n'allait pas recommencer ! Le père s'était évanoui dans la nature. Il n'a même jamais su que j'attendais un bébé de lui. C'était ma vie d'être seule, de me débrouiller seule. J'ai capitulé. Je n'ai pas voulu savoir qui avait adopté ma petite. Qui me l'avait volée en bonne et due forme, avec la complicité des bons pères. Tous les ans, le 10 janvier, mon cœur se serre comme une noix dans un étau. Je l'appelle dans la nuit, je la cherche partout, je crie : rendez-la-moi, je suis sa maman, sa petite maman.

Dans nos têtes, c'était le chaos.
J'ai demandé :
— Et moi, j'étais où pendant ce temps ?
Comme si c'était moi, le sujet.
Elle a paru soulagée par ma question.
— Toi mon fils, tu ne m'as pas quittée. Quand ma mère a su que j'étais de nouveau enceinte, elle a coupé les ponts. Elle m'a éloignée dans la banlieue de Bordeaux. Elle a loué une pièce avec un coin cuisine près de Libourne. On y dormait tous les trois avec mon frère Paul, ton parrain. Ma mère l'avait chargé de nous surveiller. Elle, je ne l'ai plus revue jusqu'à l'accouchement. De temps en temps elle envoyait un mandat. Si elle y pensait. Elle avait fait une croix sur moi. Mais on était ensemble, mon chéri. Les mois ont passé. Je m'arrondissais. Je le sentais gigoter, ce bébé. Tu voulais le toucher. Tu collais ta main. Je la repoussais. Je ne voulais pas que tu espères. Il n'y avait pas d'espoir dans mon ventre. Mais comment t'expliquer ? Tu avais l'air si heureux, si sérieux, dans le rôle de grand frère que tu t'imaginais. On ne savait pas si c'était un garçon ou une fille. On parlait du bébé. Plutôt on n'en parlait pas. Le moins possible. Tu disais que tu le protégerais, que tu l'emmènerais sur ton cheval volant. Tu m'amusais avec tes airs importants. J'avais envie de rire et de pleurer. J'avais envie de te croire

du haut de tes deux ans et demi. Au dos d'une liste de commissions, ma mère avait noté une adresse. «Quand l'enfant se présentera, tu iras là», m'avait-elle ordonné d'un regard dégoûté qui me pénétrait jusqu'aux os. Un bloc de glace n'aurait pas été plus froid, ni un couteau plus coupant. C'était écrit au dos d'une vieille liste de courses, pain, sardines en boîte, javel, papier toilette, mise bas. Je ne valais guère mieux qu'une vache. Le jour venu, Paul n'a pas voulu m'accompagner. Il a prétexté qu'il devait te garder. Au fond de lui il était bon, mais il avait ses problèmes de nerfs. Je ne lui en ai pas voulu. À ma mère il avait dit : «Ce bébé je pourrais l'adopter. Je l'élèverais avec Lina.» Ma mère avait haussé les épaules. Paul qui n'aimait que les garçons ! Je suis partie avec une trousse de toilette et ma brosse à dents. J'ai déplié le papier avec l'adresse, l'écriture sévère de ma mère. La voir suffisait à me pétrifier. J'ai lu. 49 place des Martyrs-de-la-Résistance, Bordeaux. J'y suis allée en auto-stop. Le 10 janvier 1963. Le froid mordait mon visage et mes cuisses. Je n'avais qu'une robe d'été. Un monsieur s'est arrêté à la sortie de Libourne. Il m'a emmenée sans poser de questions. J'ai senti sa gêne. Il a proposé de me conduire à l'hôpital. J'ai dit non. À cause de l'adresse dans mes mains. J'ai sonné. Une religieuse m'a ouvert. Le grillage de l'entrée déformait son visage. J'ai compris aussitôt où j'étais tombée. Une vision d'abattoir. On m'a installée dans une infirmerie aux murs lépreux. C'est là que j'ai mis au monde cette enfant qui n'existait pas. Quand le travail a commencé, la religieuse a retroussé ses manches. Je ne l'ai pas vue se laver les mains avant.

La petite fille, je voulais l'appeler Marie. Après l'expulsion — quel mot atroce —, je ne me souviens plus de rien. On me l'a enlevée sans la poser sur moi, même une seconde. Quel monstre étais-je pour être privée du contact avec sa chair ? Pour ne pas lui transmettre ma chaleur ? Il n'y a pas eu un mot, pas un au revoir mon bébé, pas un bonjour. C'était fini. C'était ça l'amour de son prochain. L'idée de mourir m'a traversée. Les conditions d'hygiène étaient sommaires, une hémorragie m'aurait tuée. Il n'était pas question de mourir. Tu étais là, mon fils. Le jour de la naissance, ma mère est venue avec toi. Tu me réclamais sans cesse. Je t'ai aperçu dans l'embrasure de la porte mais on t'a empêché d'entrer. J'étais trop faible pour te tendre les bras. Je n'avais pas le droit de vouloir quoi que ce soit. Je t'ai juste dit que j'allais bien et qu'on allait vite se retrouver. Je ne savais plus sourire. Ta grand-mère t'a entraîné vers la chapelle voisine. J'entendais tes cris à travers la porte. Ils résonnaient dans les couloirs. Tu pleurais. Tu voulais me voir, voir ta petite sœur. Puis le silence est retombé. Quand ma mère est revenue, je lui ai demandé où tu étais passé. T'avait-elle donné à ceux qui m'avaient volé ma petite ? Leur avait-on promis un lot ? Un frère et une sœur pour régler le sort de mes deux bâtards, comme elle disait, comme ils disaient tous ? Je me suis mise à claquer des dents. Ma mère m'a dévisagée froidement sans me répondre. On m'a fait une piqûre. J'ai perdu connaissance. Plus tard, j'ai su où tu avais disparu.

— Disparu ?

— Oh, pas très loin. Te souviens-tu d'un ange qui remerciait de la tête quand on glissait des pièces dans une fente creusée au milieu du front?

Mes frères se sont tournés dans ma direction.

— Un ange au regard très doux?

Je le revoyais. C'était donc lui mon premier souvenir, le 10 janvier 1963. Un ange avec la tête du mensonge. Je suis dans une chapelle, mon souffle forme un nuage de buée. Mamie a rempli mes mains de ferraille, des pièces grises frappées d'un coq, puis elle est repartie. «C'est facile, m'a-t-elle soufflé. Il suffit de lui donner des pièces pour qu'il soit content.» Je suis seul face à l'ange. Je ne suis pas seul puisque l'ange est là. Mon ange gardien. Elle m'a souvent parlé de lui, ma grand-mère. Combien de fois elle a seriné dans ma petite tête que chacun de nous, s'il était bon, avait droit à un ange gardien. Voici le mien. Il ne vole pas. Inutile d'espérer qu'il m'emmène jusqu'à toi, Lina, en ce temps-là, je l'ai dit, je t'appelais Lina. Pour t'appeler maman, il m'aurait fallu être sûr que tu étais ma mère. J'avais un doute. Il se devine à mon petit air sceptique sur les photos de l'époque, quand je te regarde. Tu répétais mon chéri, arrête de froncer, tu auras une vilaine barre au milieu du front quand tu seras grand. Tu avais raison. C'est cette crevasse qui durcit mon visage aujourd'hui. La ride du lion. Je n'y ai pas échappé. Un enfant demande-t-il à sa mère si elle est vraiment sa mère? Je revois l'ange rivé au sol. C'est son boulot de faire diversion. Une pièce entre les deux yeux – là où j'ai ma grosse ride — et il s'incline. Un ange machine à sous. Et Lina, ai-je voulu savoir, elle a aussi un ange gardien ? Il faut lui donner combien ? J'aurais dû insister. Mais à deux ans et des poussières on n'a pas idée de la valeur de l'argent. Dieu est un baby-sitter épatant grâce à ses anges. La crèche de Noël n'a pas été démontée. Le divin enfant ouvre ses bras. Ma grand-mère s'est éclipsée. Pendant que je gave l'ange de monnaie et qu'il remercie à se dévisser la tête, on te vole ta petite fille, on me vole ma petite sœur. J'éclate de rire. Il est épatant cet ange, à dire tout le temps merci.

Le pied droit de Jean remuait avec frénésie sous la table. François tapotait nerveusement le rebord de son assiette. Mon regard allait de l'un à l'autre. François, sa nuque recuite par le soleil à force de chaudronner les bateaux sur les chantiers. Jean et sa pâleur, ses traits émaciés d'ancien fumeur. M'est revenue comme un flash l'image de la naissance de François, le jour de mes dix ans. L'appartement désert. Mes parents s'étaient précipités dans la nuit à la maternité. Ils m'avaient laissé dormir. Un mot sur la table de la cuisine, ne t'inquiète pas, bien sûr je m'inquiétais, la peur panique d'être abandonné, cette maladie héréditaire que m'a transmise Lina. Vers midi mon père est rentré, il m'a offert un globe lumineux qui devait éclairer mon scriban. J'étais rassuré. On ne m'avait pas largué dans la nature. Quand je dis mon père, il l'était depuis un an à peine, après son mariage avec ma mère. Il avait bien voulu m'adopter, m'avait donné son nom de beau ténébreux, m'avait demandé de l'appeler papa. Mais j'étais encore méfiant. Un animal sauvage flairant la main de qui lui veut du bien. La vraie lumière, c'était ce petit être mat aux yeux noirs qui s'appelait mon frère avant de s'appeler François. À la maternité, je m'étais répété ces mots, mon frère, mon petit frère, j'ai un frère. Mes résistances avaient fondu d'un coup en le voyant. Jamais il ne serait question de cette froide arithmétique qui change un frère en demi-frère. Ce minus renfrogné tenait dans un pyjama minuscule mais, en réalité, il était plus grand que l'Afrique et la Chine réunies et que toutes les mers bleutées de mon globe. Depuis quarante-sept ans, chaque année à la fin de l'été, François est mon cadeau d'anniversaire. J'essaie d'en prendre soin. Il est le portrait de son père qui fut tellement le mien. Quant à Jean, il était né dix-huit mois plus tard, avec des boucles blondes que le temps lui confisqua, mais pas la tendresse dans son regard, pas cet air canaille qui plaisait tant à maman, qui la faisait rire, qui l'aidait à oublier que la vie était méchante. Jean n'est pas bavard. Il parle avec ses yeux. Quand il se tait, c'est que Bob Marley chante pour lui *War* ou *Concrete Jungle*. Il chante aussi *Small Axe*, la petite hache, le nom que mon jeune frère a donné au groupe de reggae qu'il créa jadis dans la grange d'à côté, avec ses copains du village. À eux deux, mes frères composent un portrait fidèle de notre père. François a son teint foncé, ses mimiques, son allure nonchalante. Jean son visage anguleux, un voile dans la prunelle, une mélancolie insaisissable qui le suit comme un chien fidèle. C'est toujours la même chose avec la famille et les amis. Ils recherchent les ressemblances avec notre père, même chez moi qui n'en ai aucune. Au bout de la discussion, quand le sujet semble épuisé, une voix lance : « Tout de même, vous tenez aussi de Lina. » Notre mère passe toujours à l'as. Longtemps j'ai cru qu'elle s'en fichait. Je me trompais. On n'a pas arrêté de se tromper, sur maman.

Elle s'est tue. Je me suis demandé s'il lui arrivait de prononcer le prénom de la petite, rien que pour elle. Et si oui, comment l'appelait-elle ? Du haut de mes deux ans et demi, j'aurais dû planter là l'ange vénal mangeur de pièces. Me battre sans merci avec ces sœurs qui m'avaient pris la mienne, avec sa mère qui l'empêchait d'en être une. Bonnes sœurs, ni bonnes ni sœurs. Mère supérieure en cruauté. Mes pensées ont volé vers cette place des Martyrs-de-la-Résistance, numéro 49. J'y suis passé tant de fois. C'est un quartier connu de Bordeaux. Je le traverse lorsque je vais donner mes cours de droit à la fac. La rue Fondaudège, la rue Abbé-de-l'Épée, les ruines du palais Gallien. La place est enserrée dans cet écheveau où s'est cognée mon enfance. Je n'ai jamais rien ressenti. J'ai grandi à l'ombre de cette histoire. Dans ses creux, dans ses cris. Une seconde, j'ai entrevu ce qu'aurait pu être ma vie avec un petit double de Lina, une maman en miniature. J'essaie d'imaginer le visage de cette enfant, une quinquagénaire à présent, si elle a vécu. A-t-elle tes taches de rousseur, la finesse de tes traits, le pli de tes yeux quand tu souris ? Si je la croisais dans la rue, je la reconnaîtrais ?

— Ma mère a voulu me régler mon sort, a repris Lina. Dès mon retour à la maison avec Paul et toi, elle a envoyé une petite annonce au *Chasseur français*. Ça se faisait à l'époque. Quelques lignes qu'elle a écrites elle-même : «Jeune femme avec enfant cherche mari, bien sous tous rapports.» Un homme a répondu. Il habitait Paris. Elle m'a laissée prendre le train. Je n'étais jamais allée à Paris. J'y suis restée un jour et une nuit. Une nuit avec un malade. Je suis rentrée. Je n'ai rien dit. Il n'y a plus eu d'annonce. Plus d'échanges entre nous. Sauf à ton sujet, Éric. Elle avait ses idées pour t'élever. J'en avais d'autres. Le dernier mot lui revenait.

J'essayais de recoller nos vies. Jusqu'ici à ce jeu-là, je m'étais toujours blessé. Ou découragé. Comme dans un puzzle où il aurait sans cesse manqué une pièce majeure permettant de lire l'image complète, et de la comprendre. Tu en avais assez, petite maman, de garder ce secret pour toi. Un jour, à soixante-dix ans passés, tu as pris rendez-vous avec une ancienne sage-femme devenue psychologue. «Elle fait naître ceux qui sont déjà nés», dis-tu doucement. Elle est partie à la recherche de tes peurs. Elle a ramené cette petite fille. L'enfant que tu t'efforçais d'oublier. Peut-on oublier la chair de sa chair ? Avec ta mère ce fut une histoire sans paroles. Il ne s'était rien passé. Un enfant, une petite fille ? De quoi parlais-tu ? Seule Jacqueline a su. Ton amie Jacqueline, ta sœur de cœur, celle des bons et des mauvais jours de Barbezieux, avant Bordeaux, avant la chute finale. Jacqueline ne voulait pas remuer le couteau. Il fallait un silence aussi grand que la banquise pour recouvrir une si grande peine. Vous n'en avez plus reparlé. Pour ma naissance aussi, tu n'avais rien dit. Tu t'étais absentée. C'était facile, en 1960, de s'absenter. Pas de mail, pas de portable. Disparue. À ton retour, j'étais dans tes bras. Ta petite, tu ne pensais pas qu'on te l'enlèverait, que des mains oseraient. Tu n'imaginais pas cette violence-là. Tu espérais la serrer contre toi, avoir le temps de lui dire ma chérie je ne peux pas te garder mais tu seras bien avec une autre maman, avec des parents qui t'aimeront. Tu aurais ravalé tes larmes, tu lui aurais parlé à l'oreille, tu l'aurais respirée, tu aurais bu son visage pour le graver en toi. Tu aurais caressé ses joues de soie, étreint sa petite bouche. Ceux qui te l'ont enlevée ne s'embarrassaient pas de sentiments. Il fallait être efficace. Sauver cette enfant du vice, la soustraire à une vie dépravée. Avec ta mère pour complice.

Que s'est-il passé ? De nouveau ta voix saccadée. L'émotion dans la gorge. Pendant l'accouchement, une femme est entrée par une porte dérobée de la chapelle. Elle a un ventre imposant, elle aussi. Une religieuse lui a lancé d'un air extatique : « C'est le grand jour ! » La femme a souri. Elle tient une petite valise, un ravissant couffin bordé de dentelle blanche. La religieuse est pleine d'égards. Une future maman, c'est un peu la Sainte Vierge. La sœur lui a dit : « Asseyez-vous dans ce fauteuil, ce ne sera pas long. Voulez-vous une tisane ? La revue de la paroisse ? Nous aidons des villages en Afrique, si vous souhaitez faire un don pour ces pauvres petits ? » La femme ne s'est pas assise tout de suite. On lui aurait donné le bon Dieu sans confession. Tu ne pourras jamais lui ressembler. Elle a demandé de l'aide à la religieuse pour dénouer sa robe. Un drôle de ventre est apparu, semblable à une carapace de tortue. Un ventre en dur. Une coque bombée recouverte d'un molleton douillet. Il paraît que c'est courant, en 1963. Un faux ventre de grossesse. L'Église est experte en dissimulation. Les mains de la sœur ont retiré délicatement l'objet : « Vous devez vous sentir mieux ! » La jeune femme a hoché la tête. Elle aussi est jeune. Vingt-trois, vingt-quatre ans. Pas une enfant, tout de même. Une ligne parfaite soudain. Elle a eu un sourire inquiet. « Rassurez-vous, l'a encouragée la religieuse. Votre bébé ne va pas tarder. » Ç'a été un accouchement sans douleur. La douleur a été pour toi, petite maman, rien que pour toi. Le faux ventre s'est changé en vrai bébé, ton bébé. Un miracle, ce nouveau-né tombé du ciel. L'air épanoui de la nouvelle mère, tout à coup. Son assurance quand elle a dit : « Elle s'appellera Élisabeth. » Marie, la petite Marie, n'existe déjà plus. À cette époque l'Église trafique à qui mieux mieux les bâtards des filles perdues. Des femmes stériles, une épreuve envoyée par le Seigneur, se font confectionner ces prothèses. Le simulacre est total. Le jour venu, le plus naturellement du monde, elles récupèrent l'enfant d'une autre qui devient aussitôt le leur puisque la mère, méprisable pécheresse, a été rejetée. *Hosanna* au plus haut des cieux.

J'ai cherché le regard de Lina. Je venais de saisir l'origine de l'ombre à l'intérieur de ses yeux. L'ombre d'une petite fille perdue. Elle trimbalait partout son mal-être avec elle, à travers chaque pièce, dans chacun de ses gestes, dans ses baisers, ses caresses, ses élans brisés. Elle me serrait trop fort, me lâchait trop vite. Disparaissait sans prévenir. Au fil des années, Lina cachait bien son jeu quand on lui demandait : « Aucun regret de ne pas avoir eu de fille ? » Avec aplomb elle répondait : « Aucun, puisque j'ai mes trois gars. » Elle annonçait sa progéniture comme un brelan d'as, sourire éclatant. Pourquoi diable aurait-elle été triste, trois garçons qui la dépassaient d'une bonne tête. Le mois dernier pourtant, lors d'une visite de routine, le médecin lui a posé cette question anodine : « Madame Labrie, combien avez-vous eu d'enfants ? » Sans réfléchir maman a répondu : « Quatre. » Il n'a pas relevé. Elle n'a pas corrigé. Corrige-t-on la vérité ?

— J'ai pardonné à votre grand-mère, a dit Lina. J'espère que vous me pardonnerez.

Mes frères ont répété qu'il n'y avait rien à lui pardonner. Elle a paru soulagée. D'une voix calme, Jean a énuméré les différents moyens de retrouver Marie ou Élisabeth. Les services de la mairie. L'ordre religieux sur place dans ces années. Des registres de naissances. Le carnet du journal *Sud-Ouest*. Les pistes ne manquaient pas, si elle voulait. Il a su réconforter maman, lui parler avec chaleur. La figure de François avait pris le ton brique de la cheminée. Il se taisait. J'ai appris que plus tard dans la soirée il avait pleuré comme une fontaine. J'ai envié ses larmes. Moi j'avais gardé l'œil sec. J'avais hâte que Sylvie et les enfants rentrent de la Venise verte, hâte qu'on s'en aille. Planté devant le reste de mon crumble, je fixais la toque à poils d'ours d'un grognard et ses bottes noires, son air conquérant. Je me suis dit que je connaissais mieux les batailles napoléoniennes que ma mère. Elle restait ce qu'elle avait toujours été à mes yeux, un visage flou, un profil perdu.

J'ai interrogé le soldat comme s'il avait pu voler à mon secours. Je ressentais les choses de façon assourdie et lointaine. Une anesthésie des émotions. J'avais en moi une statue de pierre qu'il faudrait déboulonner. J'ignorais de quoi elle était faite, quels désastres intimes et silencieux l'avaient édifiée. C'était plus commode de penser qu'entre ma mère et moi une force mystérieuse avait dissous mon amour pour elle. Cet amour, on me l'avait pris. Ils s'étaient sûrement mis à plusieurs. Avec un gros camion de déménageurs pour emporter des tonnes de sentiments et ne laisser derrière que des fils arrachés dans le cœur. J'aurais voulu pleurer, la consoler, dire à Lina que je l'aimais. C'était le moment. Je n'ai pas pu. Il aurait fallu que je me force. Moi son grand fils, j'aurais dû m'ériger en réparateur de la douleur maternelle, en redresseur de torts. C'est le contraire qui s'était passé. Ma mère nous avait raconté une scène de torture et je l'avais observée sans ciller, impuissant à l'aider. Elle était un personnage sans réalité, condamné d'avance. L'Église avait agi pour le bien de l'enfant. J'accordais les circonstances atténuantes à ma grand-mère disparue, à mes pères défaillants. Lina souffrait. Je n'avais pas mal. Pour que je sois ce fils, quelle mère avait-elle été ? Combien de fois l'avais-je attendue dans la nuit de l'absence ? Je ne pouvais guère compter sur ses lumières. La honte n'est pas très bavarde. Elle vous rentre les mots dans la gorge jusqu'à vous étouffer.

En fin d'après-midi nous avons repris la route de Bordeaux. J'ai cru que tout allait bien mais j'ai dû me garer sur le bas-côté pour vomir. Une chape pesait sur moi, épaisse et grise, pareille à ces plaques de plomb qui nous protégeaient autrefois des radiations, au collège, quand on défilait dans le bus médical pour la radio des poumons. J'avais neuf ans. Je fumais. Lina ne s'apercevait de rien. Elle était trop loin. J'avais arrêté de peur qu'une tache suspecte n'apparaisse. Ces cigarettes, c'était le seul foyer qui me réchauffait, le soir après la classe, en espérant Lina qui n'arrivait pas.

Sur le trajet du retour, Sylvie m'a jeté des regards interrogateurs auxquels j'opposais un silence fuyant. Une fois chez nous, j'ai laissé la moitié du dîner puis je me suis assoupi devant *Columbo*. Au bout de deux épisodes, j'ai tâtonné jusqu'à la chambre où Sylvie dormait. Son souffle régulier m'a rassuré. Il était très tard mais j'ai eu du mal à trouver le sommeil. Le matin, j'ai appris que je n'avais cessé de me retourner et de gémir. Au beau milieu de la nuit, j'avais poussé un cri. Ne me restaient que des images effilochées où surnageaient des anges à barbe grise, ma grand-mère en soutane, mon fils Théo coiffé d'une kippa, Lina en première communiante agenouillée sur un prie-Dieu hérissé de sexes sculptés. Le visage de ma mère surgissait de manière monstrueuse, tantôt greffé à un corps de fillette, tantôt sous des traits juvéniles surmontant une silhouette de vieille femme. En me levant, j'ai senti que ça n'allait pas. J'étais courbaturé comme si on m'avait roué de coups. À la lumière du jour, je me suis examiné minutieusement. Je n'avais pas de bleu, pas de veine cognée, rien d'apparent. J'ai renoncé à consulter un médecin. C'était dans ma tête.

Le lendemain j'ai repris mes cours à la fac. Droit de la famille, filiation, liens de parenté. Cette ironie du sort aurait pu me tirer un sourire, mais une torpeur abyssale me rendait amorphe. J'assurais en automate mes trois heures d'amphi chaque matin, trois heures qui duraient des siècles. Les seuls moments de la journée où j'entendais le son de ma voix. Le reste du temps, je ne pouvais prononcer un seul mot. Ceux de Lina me revenaient, accompagnés par sa figure meurtrie, ses airs défaits, sa détresse face à laquelle je n'avais montré qu'une faible compassion. Toute la semaine j'imposai mon silence à Sylvie et aux enfants. « Qu'est-ce qu'il a, papa ? » demandait Théo. Apolline lui faisait des « chuuut » à réveiller un mort. Si je ne me réveillais pas, c'est bien que j'étais mort.

Le vendredi soir, j'ai prévenu que j'allais partir quelques jours à Nice. Je rentrerais avant Noël. J'aurais pu au moins attendre les congés. C'est ce que m'a suggéré Sylvie avec bon sens. Mais non, je ne pouvais pas attendre. J'avais assez attendu. Assez fui. J'ai pris un billet d'avion pour le dimanche et retenu une chambre dans une pension de la vieille ville, la première venue sur un site spécialisé. Ce fut ma seule réponse à ce qui arrivait, ma manière de dire enfin quelque chose. Elle tenait dans ces quatre petites lettres qui me poursuivaient depuis ma naissance sur mes papiers d'identité, Nice. Un collègue a gentiment accepté de me remplacer à la fac. Je pouvais partir l'esprit libre. J'ai préparé en hâte mon sac de voyage. Je me suis accroché à des gestes simples, rassembler mes affaires de toilette, penser à mes chargeurs de téléphone et d'ordinateur, prévoir un short et des tennis s'il me prenait l'envie de courir. Ma vision de Lina vacillait. Il faudrait réviser les silences, réviser les absences. Réviser nos vies entières. Au moment de nous séparer, Sylvie m'a demandé s'il y avait une autre femme. J'ai dit oui, ma mère.

II

Dans l'avion pour Nice

1

Dans l'avion pour Nice, mon voisin de siège a cru me reconnaître, un architecte de Cagnes-sur-Mer persuadé qu'on avait fait un bout de notre scolarité ensemble. Ancien de Masséna, il s'est mis à évoquer nos jeux d'osselets sous les marronniers de la cour, autrefois, et nos cache-cache derrière les troncs rugueux des palmiers, à l'abri de l'enceinte fortifiée. La précision de ses souvenirs m'a troublé, moi pour qui Nice est un nom aveugle, sans odeur et sans histoire. J'aurais aimé lui répondre oui, bien sûr, les osselets, les palmiers, les murailles de la citadelle. Mais il faisait fausse route. Je suis certes né à Nice à la fin de l'été 1960. J'y ai vécu trois jours et trois nuits. Assez pour que le nom de la ville me colle à la peau. Trop peu pour avoir été élève à Masséna ou ailleurs. Je n'ai pas vu le jour à Nice. Seulement la nuit de mes origines avant un retour brusqué à Bordeaux. Chaque fois que je dis : « Je suis né à Nice mais je suis parti aussitôt », je lis une gêne chez mon interlocuteur, un air soupçonneux et même une certaine désapprobation, comme si ma vie avait commencé par une faute de goût. Aujourd'hui encore, au seul nom de Nice, une arête se plante dans ma gorge. Nice ne passe pas. Mes yeux s'emplissent d'eau salée. Un hoquet de Méditerranée. La sensation d'étouffer. Je dois penser à autre chose. C'est ainsi que je vis depuis la moitié d'un siècle. Oubliant Nice et oubliant Lina qui m'a fait naître dans le bleu.

J'ai dit à mon voisin que Masséna c'était impossible, puisque je ne connaissais pas Nice. Nice, c'était juste Nice. Rien de plus. Ça n'a pas manqué. À la colère contenue de son visage, j'ai compris que je l'avais privé d'un souvenir d'enfance. L'hôtesse en est restée sans voix. « Vraiment, la première fois à Nice ? » Pendant l'atterrissage, j'ai gardé le front appuyé au hublot, fasciné par les contours ciselés de la côte. Ce dimanche après-midi, la Promenade était remplie de joggeurs et de cyclistes, de gamins sur leurs rollers, ou encore de simples badauds qui avançaient à petits pas, s'asseyant parfois pour déguster la vue à l'infini. J'appréhendais ce contact avec la promenade des Anglais. La sensation de marcher sur des morts. Nous étions cinq mois après l'attentat.

Le chauffeur de taxi était aussi bavard que l'architecte de l'avion. C'était un Tunisien d'une soixantaine d'années. D'emblée il a évoqué le tueur du 14 juillet, un gars de Sousse comme lui. Il conduisait d'une main, l'autre volait par-dessus sa tête avec une légèreté d'oiseau. Je le voyais qui cherchait mon regard dans son rétroviseur. Il n'avait pas digéré qu'un de ses compatriotes commette ce carnage. Je n'ai pas précisé que ma famille paternelle était originaire de Sousse. Il aurait fallu fournir des tonnes d'explications. Dire que j'avais eu deux pères, un naturel et un adoptif, Moshé du Maroc et Michel de Tunisie. Ce n'est pas le genre de choses qu'on raconte à un inconnu dans un taxi. Le bonhomme se serait perdu, comme moi s'il m'avait largué à l'aveugle dans les rues de Nice.

En réalité, je n'avais jamais accordé à Lina l'importance qu'elle méritait. A-t-on déjà entendu dire : ma mère, ce héros ? Que pèse une maman de rien du tout face à l'aura de deux pères ? Des décombres de la Prom', je voulais exhumer cette gamine de dix-sept ans qui avait aimé un juif d'Afrique du Nord au milieu de l'été 1960. Une fille bientôt mère exilée sur les hauteurs de Nice pour ne pas ruiner la réputation de sa famille. Les présents ont toujours tort. La vie de mes pères avait commencé loin de nous. Ils étaient remplis du prestige que donne le mystère. Lina, elle, s'était contentée d'être là, à portée de main, facile à négliger.

On approchait du centre-ville. Je me suis demandé quel visage mes yeux avaient vu en premier, quelle voix j'avais d'abord entendue, à Nice. Puis j'ai éludé. J'avais grandi dans un monde sans pourquoi. Quand j'avais un doute, si j'émettais un inaudible « mais », mon enfance se heurtait à la phrase préférée des adultes : « Il n'y a pas de mais. » J'étais le fruit d'un amour défunt, la petite lumière dérisoire de deux étoiles mortes. De prime abord, ce jour de décembre, Nice m'apparut plus glaciale que la Scandinavie. Et le soleil, un bloc de cristal.

Le chauffeur conduisait sans à-coups. Je voyais ses yeux noirs sur moi. Mon silence devait le mettre mal à l'aise. J'ai demandé où nous étions. «La Californie, enfin l'avenue de la Californie, a-t-il répondu au quart de tour. La Californie à cause de la conquête de l'Ouest. Quand Nice s'est développée dans cette direction, on a donné ce nom aux nouveaux quartiers, ça faisait américain. Le grand bâtiment à gauche, c'est l'hôpital Lenval. On en a parlé aux infos. Les gamins en état de choc ont été suivis là, après la tuerie. Ils ont déjà reçu des milliers de familles, et ça continue. La tristesse coule comme un oued en crue, à croire que ça ne va jamais s'arrêter, ma parole!» Sa main voletait de nouveau dans l'habitacle. La façade imposante de l'hôpital reflétait mille éclats de bleu. Je me suis demandé s'ils avaient une maternité. Si j'avais pu naître ici, en août 1960. Juste en face, un Père Noël géant souriait aux petits patients de Lenval. Un bon gros Père Noël sur ses skis. Cette vision a ravivé de lointaines images de mon enfance, quand Lina se déguisait d'un ciré rouge et d'une barbe en coton. Le stratagème était puéril mais je faisais mine de ne pas la reconnaître. Notre vie entière a continué comme ça. Sans que je la reconnaisse.

J'ai réglé le taxi et je suis descendu rue de France. L'envie m'a traversé d'appeler Lina. Je voulais lui dire les façades peintes, la nonchalance des passants, le grain de l'air. Mais en voyant s'afficher le nom de maman sur l'écran de mon téléphone, j'ai raccroché d'une pression du pouce. Lui parler m'était aussi douloureux que de lui offrir un cadeau pour les fêtes. S'il s'agissait de lui faire plaisir, je perdais pied. Il me fallait pourtant retrouver Lina. Mon existence en dépendait. Toutes mes pensées affluaient vers une gamine saisie au vif sur la promenade des Anglais, dans ces journées de soleil où elle croyait que l'avenir existait. Il était temps de rembobiner le temps. De m'enfoncer là où je n'étais jamais allé, au plus profond de l'oubli.

2

La pension était située rue Milton-Robbins, une voie tranquille entre la mer et la colline du château. C'était une grande maison rouge avec une vaste salle à manger que prolongeait un jardin d'hiver. Il s'en dégageait une réelle quiétude. La personnalité de la patronne n'y était pas étrangère, avec sa voix chantante et ses manières simples. Des fenêtres de ma chambre, où elle s'était donné la peine de me conduire — trois étages par les escaliers en attendant la réparation prévue de l'ascenseur —, un océan de toits roses s'étalait à perte de vue, transpercé çà et là de fulgurants clochers d'église. En me dressant sur la pointe des pieds, je pouvais apercevoir un pan de la Promenade et le parcours fleuri qui montait au Belvédère. Mes bagages sitôt déposés, je suis ressorti avec ma canadienne fourrée, un cadeau de mon oncle Paul, autrefois, quand il m'offrait son héritage par petits bouts. La propriétaire me proposa un plan de la ville que je glissai dans ma poche sans le déplier. Je préférais **avancer** droit devant, au petit bonheur la chance, comme **disait** Lina qui n'avait eu ni bonheur ni chance. J'ai vite regretté mes épaisseurs. Il faisait doux. Je me suis d'abord approché de la mer que le soleil couvrait d'or. J'avais du mal à croire que c'était l'hiver. La sensation de froid avait disparu. Quelques personnes âgées se trempaient sur le rivage. D'autres s'aventuraient au loin, là où la couleur de l'eau fonçait. Cheveux blancs et crânes luisants flottaient entre les vagues.

À l'extrémité de la plage, devant le panneau indiquant Les Ponchettes, j'ai voulu récapituler ce que je savais de Nice, de Lina à Nice, d'elle et moi au tout début, quand nous ne formions qu'un seul être de chair et de mauvais sang, et qu'elle était une femme à deux cœurs — c'était l'expression en vogue pour désigner une future maman. Je me suis installé sur les galets qui semblaient boire la mer. Jamais je n'avais interrogé Lina sur les hasards de ma naissance. Le sujet était lacrymogène. Adolescent, à peine je mentionnais Nice qu'elle fondait en larmes. À l'évocation d'un père hypothétique elle se braquait. « N'insiste pas, même pas son nom, même pas la première lettre de son prénom. » Le moindre indice m'était précieux, mais mon butin restait dérisoire. Mes timides tentatives pour élucider ce mystère, c'est dans le dos de ma mère que je les avais entreprises. Tout ce que je faisais de notable à cette époque de ma vie, c'était dans son dos.

J'ai navigué au fil des rues, tirant derrière moi une ombre gigantesque, celle que le soleil donne aux êtres et aux choses après cinq heures du soir. J'ai marché derrière le port, au milieu des antiquaires, cherchant une trace que ma mère aurait laissée par inadvertance. Que pouvais-je trouver dans cette ville où elle s'était perdue ? On n'est pas sérieux quand on a dix-sept ans, on obéit. Sinon, c'est la mort. Ce fut la mort, ma naissance.

On n'a jamais parlé de ces quelques jours où tu m'as attendu ici. J'en suis réduit à deviner. Tu as nagé devant ces plages bondées. Il faisait chaud. Tes bras se sont ouverts, tu as laissé la fraîcheur nous envahir. L'étendue liquide t'a portée. Qui t'avait portée, avant ? Je crois entendre un clapotis quand je me bouche les oreilles. Pas les brisants de l'Atlantique. Seulement cette langueur de Méditerranée, un ressac assoupi. Tu étais ma première maison, ma maison mère. Rien ne pouvait m'arriver. Une chose me tourmente pourtant, qui a pris corps à Nice. Je me demande, petite maman, est-on juif par la mère ou par la peur ? Comme il avait peur, Moshé. Être juif c'est avoir peur, c'est tout ce qu'il m'aura dit avant de mourir, l'année de nos retrouvailles tardives, j'avais passé quarante-cinq ans. Je suis le fils de cette peur ajoutée à la tienne, ta peur d'être abandonnée. Je scrute l'horizon. Quand on regarde devant soi, peut-on voir hier ?

Place Garibaldi, j'ai pensé que Lina avait dû adorer ce lieu, ses airs d'Italie, la parure des grands chênes, les lucarnes des immeubles, la façade rassurante de Saint-Sépulcre. J'ai tenté une fois encore de rassembler le puzzle. Je suis né ici, mais où, ici ? Lina ne sait pas. N'a jamais su. On l'avait éloignée le temps que ça se passe. Sa mère ne voulait pas voir la honte grossir chez elle. Qu'auraient dit les voisins, la propriétaire de notre logement qu'on saluait à la messe, les curés, les pères jésuites, qu'auraient dit les gens ? C'était important, ce que pensaient les gens. Ma grand-mère avait agité son crucifix d'ivoire devant les rondeurs coupables de sa fille. En vain. La terre entière ne voyait plus que son ventre. Il pointait avec fierté. Le rentrer eût été impensable. Les gaines et les corsets n'y pourraient rien. Il allait éclater.

Le crépuscule naissait quand j'ai rebroussé chemin. Je suis repassé par la Promenade. Les baigneurs avaient disparu. La mer était déserte. Des lueurs orange et jaune s'allumaient au loin. Sur la plage à hauteur du Westminster, un Asiatique à queue-de-cheval lançait un boomerang. Un attroupement s'était formé. L'objet vira sur la gauche et revint se placer dans la main du lanceur avec la précision d'un faucon apprivoisé. L'homme répéta plusieurs fois son geste. Les pales miroitaient dans les derniers feux du jour. Aussi loin que tournoyait le boomerang, il revenait à son point de départ.

Ce boomerang, c'était moi.

3

Debout sur un tabouret de la réception, la patronne punaisait quelques bonnes adresses de restaurants sur un panneau de liège. Le nom de La Merenda, rue Raoul-Bosio, était souligné de deux traits avec ce commentaire engageant écrit au feutre : « La salle est petite mais dans les assiettes, c'est immense ! » Redescendue de son promontoire, mon hôtesse m'a chaudement recommandé le détour. J'étais à deux minutes à pied. Il était huit heures du soir et j'avais faim. J'y suis allé comme on honore un rendez-vous.

À La Merenda les tables sont simples. On s'assoit sur des tabourets qui obligent à se tenir droit. Les panisses dorées ressemblent à des morceaux de soleil. J'avais raison pour le rendez-vous. Ce premier soir je ne dîne pas seul. Tu es en face de moi, petite maman. Ce mot ne va pas de soi. Lina oui. Mais maman, petite maman ? Chaque fois qu'il me vient à la bouche, c'est après une légère hésitation. Avec l'impression que je n'ai pas toujours su le dire. Un mot traduit d'une langue étrangère que je prononce en hésitant, maman. Un mot contrarié, rentré à l'intérieur. Un mot avec un nœud au bout qui empêche de respirer.

Deux hommes viennent de s'asseoir près de nous. Le plus âgé affiche une soixantaine fatiguée. L'autre la moitié à peine. Le premier examine gravement la carte des vins. Verdict : un côtes-de-provence. Cela doit ressembler à ça, d'être un homme : savoir choisir un vin sur une carte. Ces deux-là travaillent ensemble. J'allais pencher pour l'immobilier quand le plus jeune a baissé la voix. « J'ai ma plaidoirie à écrire. » On est près du palais de justice. Son client est un criminel. Il n'est guère optimiste. Je devrais lui demander sa carte. Tuer un souvenir, ça va chercher dans les combien ?

Une grande femme rousse est entrée à La Merenda dans un courant d'air. C'est une habituée. Le patron lui a réservé sa place près de la cuisine. Le parfum musqué de cette femme renforce la présence de Lina. C'est son parfum d'autrefois. Je suis à Nice avec ma mère. On se régale d'une tarte aux blettes avec des pignons saupoudrée de sucre glace, une pincée de neige éternelle. Le chef jette des regards dans ma direction. Il se demande à qui je parle.

Petit garçon, lorsque Lina me disait : « Tu es né à Nice », je comprenais que j'étais né anis. Ce mot avait un goût de bonbon. Je n'avais pas imaginé qu'il s'agissait d'une ville. Plus tard, ma collection de timbres s'était enrichie d'une vue de Nice inspirée d'un tableau de maître, Monet ou Matisse. Tout y était bleu, le ciel, la mer, les palmiers, tout. J'avais pensé : c'est donc ça, anis, une ville où même les palmiers sont bleus ? Et les habitants de Nice, étaient-ils bleus aussi ? Bleue, ma mère l'était à ma naissance.

Pourquoi un père juif de Fès prénommé Moshé, inconnu, disparu, accoucheur de profession ? Et pourquoi plus tard Michel Signorelli, pied-noir de Tunisie, un kiné qui aidait les vies à finir — de façon moins expéditive que la sienne —, quand Moshé les aidait à commencer ? Pourquoi le second fut-il mon père mais pas le premier ? Michel, je l'appelais papa. Moshé, je ne l'appelais pas. On n'appelle pas un inconnu.

Le Maroc et la Tunisie étaient deux protectorats. Aucun ne nous a protégés. Michel adorait les biscuits à l'anis trempés dans un verre de sirop d'orgeat, je le dis en passant, pour ne pas oublier qu'il a vécu et que je pourrais lui trouver un lien avec Nice à travers les grains verts de ses biscuits. Le samedi il rapportait du marché de délicieux puits d'amour. Les petits édifices de crème flageolaient dans leur carton blanc, c'est fragile l'amour. Le nôtre est tombé tout au fond et on ne l'a plus revu. Je résume encore une fois, sinon je m'y perds. Toujours cette manie des détails. Le juif du Maroc devait se tenir à sa place, de l'autre côté de la mer. Ne pas dépasser les limites, garder ses distances.

J'avais neuf ans quand tu me présentas Michel. On venait d'emménager tous les deux dans un F3 de la cité du Grand-Parc à Bordeaux. Ta mère ne pouvait stopper l'invasion. Immigration intolérable vers le ventre de sa fille. Son regard brillait, noir comme le charbon, comme ses cheveux. Il était né à Tunis. Par un tour de magie,

Nice est devenue Tunis. Une légère oscillation. Et moi j'ai pris le nom de Signorelli, son nom propre, mon nouveau domicile fixe. Je l'ai étrenné, il m'allait bien. Les noms des autres, ça vous va comme un gant, au début. Tunis, c'était chaud et doux. Tunis, oasis. Mon père était de Tunis, c'était mieux que rien. Nous, on était rien, par la grâce de Dieu, de ses saints, de son fils et de ma grand-mère. Quels mots allais-je pouvoir écrire dans la marge de mon état civil, si Lina refusait de me guider ? Michel, tu l'avais choisi avec les yeux. Il était beau, viril, sûr de lui malgré ses blessures. Il n'avait pas digéré la perte de l'Algérie, ce sol natal qu'il appelait « là-bas ». Derrière Michel se cachait Moshé. C'était si dur à prononcer, petite maman ? J'ai grandi dans ce blanc aux allures de banquise. Loin de fondre, il s'est même étendu avec les années. Lina abandonnée par sa mère. Lina forcée d'abandonner son enfant. Être abandonné, avoir abandonné, qui peut dire ce qui fait le plus mal ?

Au moment de quitter La Merenda, j'ai revu la grande femme rousse. J'ai eu envie de lui demander où était passé mon amour pour Lina. Seule à une table, elle lisait comme on prie. Dehors, des effluves de socca parfumaient l'air. Le Vieux-Nice sentait l'oignon grillé.

4

Le lendemain matin, un rayon de soleil m'a tiré du lit. Je me suis levé avec une idée fixe. Trouver le lieu où j'étais né. Les pensionnaires n'étaient pas nombreux en cette période de l'année. Une famille de vacanciers étrangers — des Américains au fort accent texan —, une étudiante venue de la région parisienne pour un stage d'informatique, un couple avec deux jeunes enfants. Mon voisin de petit déjeuner était un homme sec aux joues creusées, le poil ras et brun, la quarantaine tonique. J'ai reconnu un de ces joggeurs forcenés, qui ne peuvent rien entreprendre avant d'avoir couru plusieurs kilomètres d'une foulée soutenue. Je l'avais vu partir une heure plus tôt en ouvrant mes volets. Il était maintenant douché, rasé de frais, et attaquait une solide omelette accompagnée d'un café fumant. Outre les stylos de couleur qui dépassaient de la poche de sa chemise, une boîte de jouets posée à côté de lui attira mon attention, comme d'ailleurs celle des gamins du couple. «Des Playmobil, mes outils de travail. Je suis pédopsychiatre, a-t-il lancé d'un air souriant.

Ils m'ont demandé en renfort à Lenval. Je suis arrivé de Paris fin novembre. » J'ai hoché la tête avant de commander à mon tour un café. À travers ses propos, j'ai cru discerner un écho de ma présence ici. La ville refermait ses plaies tant bien que mal. Moi j'en rouvrais de très anciennes. À côté d'un si grand drame, que venait faire là notre histoire familiale ? Lina vivait avec peine, mais elle vivait. Mes morts, Moshé de Fès et Michel de Tunis, n'avaient pas été broyés par un furieux au volant d'un camion. Pourtant, sans le savoir, ma mère et mes pères, adoptif ou naturel, portaient en eux les germes de toutes les haines qui avaient ensanglanté le mois de juillet : les séquelles de la colonisation, l'intolérance religieuse, l'antisémitisme français, le rejet des basanés. J'ignorais quelle avait été la part de ces passions tristes dans notre malheur. La question tournait autour de Lina, du corps de Lina, des forces qui bataillaient derrière son front ivoire où dormait une douleur. Lina et Moshé se connaissaient à peine quand ils avaient fait un enfant. Lina n'avait pas idée de ce que pouvait être un juif, et un juif du Maroc n'en parlons pas. Le catéchisme trafiqué par sa mère lui avait appris à se méfier de ces gens qui avaient tué Jésus. Quant à Moshé, il n'avait de la France qu'une vision idéalisée, le pays des droits de l'homme et des Lumières, du combat de Zola pour le juif Dreyfus.

On s'en est sortis vivants, Lina et moi. Vivants, pas indemnes. Dans mon cœur, une statue de pierre est toujours debout, raide et menaçante. Nice commence par un point de côté, une peine à respirer.

51

La voix du médecin m'a ramené au présent. « J'ai des personnages de toutes les couleurs, disait-il, comme pendant la nuit du drame. J'ai aussi un camion blanc et un fourgon rouge de pompiers. Les psys doivent traiter les blessures invisibles, celles qui rongent l'esprit des enfants. Ce sont les pires. » Il m'a tendu la main et m'a glissé son nom avant de disparaître, son carton de Playmobil sous le bras. Docteur Novac, Gilles Novac. Son récit m'avait ébranlé. Je me sentais coupable de tout ramener à nous. J'en étais sûr cependant, l'évidence crevait les yeux : Lina était une victime de dix-sept ans que personne n'avait secourue. Je m'étais perdu dans son chagrin. Notre histoire avait manqué de mots. J'ai pensé que ce docteur au regard enveloppant pourrait nous aider. C'était son métier, la lutte contre le chagrin.

5

Mon deuxième jour à Nice. J'arpente les rues à la recherche du lieu où je suis né. Était-ce dans une clinique, à l'hôpital, dans le quartier Tsarewitch? Ou alors sur les hauteurs de Cimiez parmi les lauriers-roses, dans le chant vibrant des cigales? Ma mère l'ignore. Elle n'a jamais su. Ma naissance l'a assommée. Un gros coup sur la tête. Ça commençait bien. Un photographe faisait la tournée des chambres des accouchées. «Une photo avec votre petit?» Sur ce cliché agrandi elle est diaphane. Une enfant au visage taché de soleil. Je serai toujours le fils d'une enfant. Le photographe a capturé sa jeunesse. Il lui demande si elle bronze avec une passoire. Elle sourit. Pas moi. Je n'ai jamais aimé qu'un inconnu parle à Lina.

Tu serais heureuse de me voir ici, petite maman. Je passe devant l'Opéra, devant le palais de justice, devant les boutiques de pâtes fraîches, d'huile d'olive, de santons. J'entre dans les églises illuminées, j'entre dans l'église russe. Je laisse mon ombre au soleil. Je la reprends en sortant. Cette fois c'est toi qui bouges en moi. Je croise des marchands ambulants. Ils m'indiquent d'autres églises, des crèches grandeur nature. Il sera bientôt né le divin enfant, encore un gamin sans père. Je voudrais savoir si tu as pénétré dans ces églises, si tu as prié pour que je sois normal, deux bras, deux jambes, cinq doigts à chaque main, question normalité tu n'étais pas exigeante. As-tu seulement prié une fois dans ta vie ? Je voudrais remonter le temps comme une artère de ton cœur. Tu aurais dix-sept ans, je te dirais, « ne crains rien, c'est moi, je suis le fils qui te protégera. » J'ai rendez-vous avec toi quand tu étais enceinte, je pense en sainte. Maman me voilà enfin. Ils vont voir de quel bois je me chauffe, les curés, les rabbins, les salauds. Quel idiot je fais. J'arrive comme les carabiniers. Tu es ma petite fille puisque l'année de tes quinze ans ton père s'est tiré en douce à Madagascar. La place est déserte. Laisse-moi redevenir l'homme de ta vie. Le bonheur est un mauvais moment à passer. Il a filé si vite que je me demande s'il a existé. Tu étais ravissante avec ta bouche charnue qui affolait les hommes — n'était cette canine acérée, tes jolis seins contents d'eux, tes yeux ronds comme des pans-bagnats. Et aussi le creux douillet de tes bras, j'avais appris un compliment qui disait ça, pour une fête des mères, le creux douillet. Je t'aurais bien épousée. En ce temps-là, tu m'aimais plus que tout. D'où vient alors cette sensation poisseuse que tu as voulu te débarrasser de moi ? Est-ce du ressort du docteur Novac, de m'éclairer ?

Les heures s'écoulent. Je me remplis de soleil tiède, d'accents dans les voix, de places italiennes, de reflets dans l'eau. Je crois que tu t'arrêtais parfois chez le grand marchand Sapone. Tu n'y connaissais rien en peinture mais tu restais béate devant ses Chirico. J'imagine qu'un jour tu es entrée avec tes nattes et ta candeur. Le galeriste t'aura félicitée pour l'enfant à naître. Il a pu s'écrier : « Ce ventre, c'est un monde ! » Enthousiaste, il t'aura invitée à poser pour un peintre de ses amis, un jeune artiste talentueux qui sublimerait tes formes. Laisse-moi deviner. D'abord tu t'es sentie flattée mais tu as pris peur et tu as décliné poliment. Le rouge à tes joues de porcelaine a ravivé chez Sapone le regret de ton refus. La proposition a trotté dans ta tête. Au fond, tu en mourais d'envie mais jamais tu n'aurais eu le cran de te dénuder devant un inconnu, même un artiste. Les jours suivants, comme tu passais devant sa vitrine de la rue de France, Maître Antonio, comme les gens l'appelaient, t'a fait signe d'entrer. Il ne t'a plus parlé de jouer les modèles mais, délicatement, il t'a menée devant un Chirico. Un fauteuil était avancé pour que tu prennes le temps de l'admirer au calme. Je n'en suis pas fier mais autrefois, à l'âge où je fouillais dans ton sac à main, j'ai trouvé une carte postale de ce tableau qui te fascinait. Au dos, ces quelques mots : « Chirico, *Énigme d'un après-midi d'automne*. Galerie Sapone. Nice. » La statue de marbre, son drapé, la lumière douce qui tombait sur le temple, le ciel majestueux, tu es subjuguée. Sans doute as-tu perçu la possibilité d'être heureuse dans un monde où tout serait paisible. À travers une trouée d'arches palpite la peau azur de la mer fripée par le mistral. Parfois il la tend comme un drap. Elle rajeunit d'un coup. C'est ici qu'on aurait dû grandir, nous deux. Au milieu de la beauté. En pleine lumière. Dans les parfums orange et bleu du parc Albert-Iᵉʳ.

Tu n'es pas seule, au printemps 1960, quand un train te dépose à Nice-gare, treize heures de secousses depuis Bordeaux dans les premières chaleurs de mai. Ta mère t'accompagne, avec ses airs de religieuse. Vous avez déambulé sur la Promenade. Tu as vu son visage s'épanouir. Elle semble enfin joyeuse de ce qui arrive. Vous allez bras dessus, bras dessous, mère et fille comme jamais. Guillerettes. Vous êtes entrées à l'intérieur de Sainte-Réparate et elle a frappé sa poitrine desséchée, Seigneur aie pitié de moi. C'est ma faute, c'est ma très grande faute. L'orgue a grondé. Ce nom de sainte Réparate te rassure. Tu entends « réparation ». Dans l'ombre de la Vierge, tu as pensé à l'enfant, à son père. Quelle idée de s'appeler Moshé. Ta mère a glissé dans son corsage une tête d'œillet à calice fendu. Vous avez partagé une salade aux anchois, bu une bouteille de limonade que le serveur a décapsulée sous vos yeux. Vous avez dégusté une glace chez Fenocchio, place Rossetti, la chaleur faisait fondre le cornet. Quand ta mère se tait, même le silence est léger. L'état de grâce va durer jusqu'au lendemain, quand un bus à nez court vous emmènera sur les hauteurs d'Ascros. Car Nice n'est pas la dernière étape. Tu pars là où personne ne te verra, sinon de vagues cousins accrochés à ce village perdu. Le bus tournicote sans fin à l'assaut des cimes. Tu n'as jamais rien vu de si pentu. Tu te dis que c'est ça, monter au ciel. Les lacets te donnent la nausée. Les hameaux défient les lois de l'équilibre. La route tourne-vire. Plus dure sera la chute.

Dès le lendemain, ta mère a remis ses rides à son visage. Tu as regardé le bus s'éloigner, sa main s'agiter derrière la vitre, un au revoir semblable à un adieu. La mer a disparu. Tout est allé si vite. La séparation te déchire. C'est à peine si tu as vu le panneau, Ascros. Là-haut on fait siffler les *s*. Tu entends «crosse» et derrière, bien sûr, se profile un fusil. Il n'y a pas eu de peloton d'exécution. Juste de braves personnes, des cœurs simples qui ne cherchent pas midi à quatorze heures. Tu vas rester presque quatre mois au village à préparer le paquetage des bergers avant la transhumance. Ces inconnus t'ont accueillie. T'ont cachée. Tu payes ton écot en nature, lessives, courses, corvées d'eau, reprisage d'ourlets de pantalons, de chaussettes, repassage des chemises, debout, une barre dans le dos, des maux d'estomac. Travail pour le roi de Prusse. Un adolescent t'accompagne au puits. Il t'aide à porter les seaux. Ton visage le fascine, ton teint de pêche. Son prénom c'est Pierrot. Il dit que ce bébé, ce serait trop fort si personne n'en voulait. La femme du berger a les cheveux poivre et sel, les yeux bleu-sainte-vierge. Elle écoute Dalida au transistor, plaint la chanteuse pour ses chagrins d'amour. Elle fait office de seconde mère. Quand tu as besoin d'affection, c'est dans l'étoffe épaisse de la montagnarde que tu enfouis ta tête éplorée. Un jour la femme du berger a donné l'alarme : «Elle pourrait bien perdre les eaux, la petite. Ce serait plus prudent qu'elle redescende.» Ton ventre a mûri, un gros fruit. Te revoilà, Lina dans le bus, direction Nice, les virages en épingle, Dieu sait si ta mère a rêvé d'une épingle pour crever le fils du juif. Avec le prénom de Moshé, que le père soit juif, c'était couru. Mais on n'y peut plus rien. Le mal est fait. Le bus descend à tombeau ouvert, ce serait mieux de mourir.

21 août 1960. Il te reste cinq jours de liberté. C'est leur parfum que je suis venu chercher, petite Lina, petite maman bientôt. Toi avant moi.

6

Assis sur un banc de la coulée verte, je tourne autour de ma naissance comme une bête en cage. Le soir tombe dans ma ville si peu natale. Je regarde les gens qui arpentent le corso. Les jeunes femmes de ton âge. Je suis leur allure légère, l'hiver n'existe pas ici. Nice. J'aurais dû attaquer par là. Une histoire, ça commence par le commencement. Mais nous, on a tout fait à l'envers. Je crois que tu es née dans cette ville le jour de ma naissance. Je ne voulais rien savoir. Toujours cette fichue arête dans le gosier. J'essaie de sortir de ma nuit. À dix-sept ans, tu réclames le soleil dans tes yeux. Les éblouissements. La chaleur comme une caresse. Pour rien au monde tu ne porterais de fausses Ray-Ban à dix francs — 1960, c'est l'année du nouveau franc. Tu la veux sur toi, cette lumière flamboyante. À Nice le soleil rase gratis. Il éclabousse ton visage, tes épaules nues, ton cou duveteux, ta peau de rousse à la blancheur de lait. C'est beau, cette mer en majesté, l'étoffe bleue de la mer, le ciel céruléen, les palaces, les canisses. Tu ne veux plus rentrer à Bordeaux avec ses barrières cafardeuses, la barrière du Médoc, la barrière Judaïque — ce mot m'a longtemps troublé —, les barrières d'Ornano, de Pessac, de Saint-Genès, de Saint-Augustin, ta geôle cernée de soutanes. Tu es à Nice pour une poignée de jours, une éternité. Tu es si jolie, si perdue, ma toute petite maman. Tu te sens libre.

Je me suis remis à marcher.
Je traverse les rues en somnambule.
Je traverse un moment de découragement.
Les yeux ouverts, je ne vois rien.
Tu as peut-être hanté les allées du marché couvert de la Buffa ou les abords de la rue Droite à la recherche du palais Lascaris. Tu as peut-être suivi le cours enseveli du Paillon qui n'était pas encore ce parc longiligne semé de landaus et d'œillets. Peut-être as-tu longé le Blue Beach avant la grande chaleur, ou la plage du Sporting et ses terrains de volley, ou la plage Poincaré devant le Centre universitaire, slalomant entre les tables à parasol, dans les odeurs d'ambre solaire et de poisson grillé. Peut-être, ou peut-être pas. Comment être certain ? C'était une illusion de croire que j'allais te retrouver. Il n'existe aucune trace de ton passage. Que m'étais-je imaginé ? Que tu aurais laissé un banc préféré, un parfum de glace, un éclat de rire ? Nice sur brume. Pas un nom de rue que je puisse faire résonner, pas un centimètre carré de cette ville où je puisse accrocher notre histoire, pas un grain de sable pour ancrer un peu de vrai dans la fable de nos vies. La vérité c'est que tu n'as pas existé. Que nous n'avons pas existé. Nice ne nous connaît pas davantage que nous

ne la connaissons. Un sentiment d'inexistence qui dure depuis nos débuts manqués. Tout à l'heure, quand je rentrerai à la pension, il faudra que j'en parle à Novac. Je dois me faire une raison. Je ne vais pas rattraper un courant d'air.

7

La salle à manger embaumait la soupe de poisson. La pension s'était enrichie d'un groupe de marcheurs néerlandais qui arrosaient bruyamment leur arrivée. Le médecin était seul à sa table. Il m'a paru plus vieux que le matin après son footing. Ses traits marqués accusaient une dure journée. J'ai commandé une assiette de soupe et un verre de blanc. C'est lui qui a lancé la discussion. Aujourd'hui, il a reçu des parents avec leurs deux fillettes. Il a dit cette phrase bizarre : « Elles n'ont pas de plaies et pourtant elles ne cessent de se rouvrir. » Égoïstement, j'aurais aimé l'interroger sur les empreintes que laissent les traumatismes muets, quand le silence remplace le bruit. Il m'a fourni un début de réponse. « Longtemps j'ai pratiqué l'orthopédie infantile, m'a confié Novac, la réparation des membres moteurs. Une vie n'est rien sans le mouvement. Mais il y a sept ans, une lésion de l'œil m'a contraint à poser mon bistouri. Alors je me suis formé à la psychologie des plus petits. À ma grande surprise, j'ai découvert qu'ils se souvenaient de tout. Les bons souvenirs, ils les enjolivent. Les drames, ils les gardent intacts au fond d'eux. Ils ne cessent de les revivre au présent, comme une réalité qui ne passe pas. Les scènes d'horreur sont toujours aussi effrayantes. Elles se figent en eux comme des statues de pierre. Vouloir les détruire est illusoire. On ne peut que les éroder avec des mots. De l'écoute et des mots. »

J'ai tressailli à cette expression, « des statues de pierre ». Mais l'énigme demeurait entière. Si les enfants se souviennent de tout, qu'avais-je oublié de si marquant ? Il me manque le début, le ressenti des premiers instants, des premières heures. Novac n'a pas évoqué la mémoire des nouveau-nés qui disparaît sans espoir de retour. Ton visage, petite maman ? Détruit. Ton sourire ? Éteint. Ta voix, la couleur de ta voix ? Effacée. Ton souffle, la chaleur de ta poitrine ? Désintégrés. Ton odeur ? Évanouie. Ta peau contre ma peau ? Aucune trace. Rien ne reste de ces débuts avec toi, les plus importants, ceux où j'ai su combien tu m'aimais, que tu n'aimais que moi. Il faudrait le dire aux nouveau-nés, l'amnésie infantile est une meurtrière.

8

À Nice tu as patienté. La poche des eaux résistait encore. Tu allais et venais sur la Prom', trottoir mer. Pendant ces quelques jours avant mon premier jour, tu n'avais pas de quoi payer une chambre d'hôtel. Tu m'as parlé une fois du champ de courses que tu apercevais de ton logement. Il n'existe pas d'hippodrome à Nice. En arrivant d'Ascros, tu as d'abord trouvé un meublé à Cagnes-sur-Mer. Tu as évoqué ce lieu, il y a longtemps. Je n'ai pas voulu t'en reparler. C'était si douloureux, sur ton visage fermé. Tu détestes les chevaux. Ils te font peur. Pour venir jusqu'à Nice, tu prends un bus. Pas de virages, pas de nausée. C'est tout droit. Ils sont rares dans ta vie, les chemins qui vont tout droit. Je suis allé à Cagnes. Je n'ai rien trouvé. J'ai imaginé une jeune fille seule, le nez collé à la vitre, perdue dans ses rêves trop grands, espérant qu'un jour son fils aura soin d'elle. Deux jours avant ma naissance, tu as dû quitter Cagnes. C'était l'été. On t'avait tolérée entre deux locations. Une ancienne prostituée t'a recueillie dans le Vieux-Nice, ruelle de la Boucherie, au dernier étage d'un immeuble à l'italienne, avec l'escalier à claire-voie qui découvrait un napperon de ciel. Tu as pensé que tu accoucherais plus vite, avec ces hautes marches rouge tomate que tu escaladais matin et soir d'un pas rapide. Tu as demandé s'il y avait une salle d'eau pour se laver. La femme a pointé un doigt vers la mer.

Nice t'appartient. Tu rêves devant les petites robes Courrèges en satin blanc, devant les bottes zippées en devanture des boutiques chics du Vieux-Nice. Tu vois ta silhouette déformée, tu fais la moue, tu tords ton joli nez. Dans le reflet tu t'imagines avec la minirobe trapèze, le tissu coupé une main au-dessus du genou, Courrèges l'a dit à la radio, il veut inonder de lumière les vêtements féminins. Toi tu aimes le chocolat jusqu'à t'en rendre malade. Tu as repéré un chocolatier, avenue des États-Unis. Il vend des pralinés, des orangettes, des guinettes pimpantes avec leurs cerises gorgées de sucre et d'armagnac. Tu salives devant ces boules noires saupoudrées de chocolat, qu'on attrape, comme le diable, par la queue. Tu sais que ce n'est pas raisonnable, demain, après-demain, tu seras une maman. Mais ces envies que tu réprimes depuis des mois, le chocolat, les fraises à la chantilly, les framboises — un matin, à Ascros, tu as demandé à Pierrot qu'il t'en trouve sur-le-champ, le malheureux a couru tous les marchés voisins pour t'en dénicher une barquette —, les cornichons, le pain tartiné de moutarde, voilà qu'elles se rappellent violemment à toi pendant que tu traverses les étals du cours Saleya. C'est simple, tu as tout le temps faim. Tu dévorerais la terre entière, et la mer en prime, un cocktail au curaçao. Tu t'enivres du parfum des lys, des senteurs de ciboulette et de basilic. Tu t'attardes devant les paniers remplis de légumes et d'épices, tu veux savoir leurs noms, tu déchiffres les écriteaux remplis à la craie, fleur de courgette, cornue des Andes, coriandre, artichauts violets. Tu achètes une pelletée de petites olives noires dont tu t'amuses à cracher les noyaux. Tu marches en ballerines, poitrine gonflée, les seins en avant. Tu voles. Ton pas est plus léger que l'air. C'est l'été dans ton cou, dans tes jambes hâlées, dans ta chevelure qui danse sur tes épaules, on la croirait suspendue à d'invisibles petits ressorts. Tu es l'été. Parfois tu pleures sans savoir pourquoi. C'est fréquent chez les femmes enceintes mais tu ne sais rien de ce qui arrive aux femmes enceintes. Une mère aimante te l'aurait dit, comme elle t'aurait dit la fatigue subite, les nausées, les envies irrépressibles. Tu pleures et puis ça passe. Tu te demandes si ce bébé qui gigote et donne des coups de pied, petit chameau, un garçon c'est sûr, apprécie ce feu d'artifice de senteurs. Je pense à cette expression, «une femme attend son enfant». Mais l'enfant est déjà là, blotti en elle. C'est lui qui attend sa maman. Moi, je t'attendais. Tu n'es jamais venue.

Oublie ce que je viens de dire. Bien sûr que tu es venue. C'est moi qui t'ai repoussée. Les hommes ne veulent jamais de toi pour la vie. Ils te voient en commodité, cuisse docile et bouche cousue. Tu as vite appris que tu devrais te débrouiller seule. Tu es la plus jolie, la plus piquante, la plus drôle, la plus ceci, la plus cela. Mais aucun amoureux n'a fait de toi sa préférée. Ni Michel ni

Moshé. Et passons sur ton père. Et ne parlons pas de ton grand garçon. J'ai surtout brillé par mes absences. Tu en ferais une tête, si tu m'entendais. Que puis-je ajouter encore ? Je ne suis pas ton fils. Je suis ton fardeau.

Un coup de canon t'a fait sursauter. Chaque jour à midi, une détonation part du château. C'était autrefois l'habitude d'un vieux colonel anglais pressé de se mettre à table. Il rappelait à son épouse qu'il était l'heure de déjeuner. La première fois, l'explosion surprend. Puis on s'habitue. Les Niçois ne peuvent se passer de ce rappel à l'ordre. Ils le préfèrent aux cloches des églises. À Nice, le temps n'en fait qu'à sa tête. Aucune horloge n'indique la même heure. On règle sa montre au son du canon. Il retentit juste avant le feu d'artifice du 14 juillet, pour prévenir le public de la Prom' que le spectacle va commencer. Depuis l'attentat, le coup de canon fait bondir les plus traumatisés. Un jour tu as marché vers le mont Boron. Tu t'arrêtais devant les villas, à l'ombre des cattleyas. Tu te souviens de cette maison tarabiscotée aux tuiles rose pâle, du jardin planté d'eucalyptus et de majestueux caroubiers où balançaient deux grands hamacs. Qui donc y dormait de tout son poids pour qu'ils effleurent le sol en un paisible tangage ? Tu t'es approchée des grilles. Tu as eu l'impression d'apprendre un secret. Les hamacs débordaient de livres. Tu aurais tant aimé entrer, piocher dans ces trésors de papier aux couvertures bariolées comme des berlingots. Le portail était fermé, tu n'as pas osé sonner. Tu as gardé cette image des hamacs remplis d'aventures.

9

Ce matin, j'ai guetté le retour du docteur Novac sous la véranda de la pension. Il avait parcouru la Prom' jusqu'à son extrémité avant de revenir à toutes jambes. Son sourire irradiait. Sa fatigue de la veille avait disparu. La mémoire des traumatismes infantiles continuait de m'agiter. Je savais bien que j'avais aimé ma mère. Mais je ne retrouvais plus ces sensations de chaleur, ni aucune marque tangible d'affection entre nous. Quelque chose n'avait pas eu lieu avec Lina, mais quoi ? « Au début de ma médecine, s'est confié Novac en se beurrant deux longues tartines de baguette fraîche agrémentées d'une confiture de melons d'eau, je me suis intéressé aux apprentissages premiers. Un homme demeure une hypothèse tant qu'il n'a pas développé ses facultés vitales. Il existe un temps pour le langage, un temps pour le souvenir et l'oubli. Un temps pour les émotions aussi. Il faut respecter ce calendrier par des gestes affectueux envers les petits. Voyez la vie chaotique des enfants sauvages élevés jadis avec des loups, en Inde ou en Aveyron, incapables à jamais de prononcer le moindre mot. L'être humain est comme une mayonnaise. Pour que ça prenne, il faut verser les ingrédients au bon moment. Sinon rien ne se passe, c'est trop tard. »

Trop tard. Ces deux petits mots m'ont transpercé alors que j'avais jeté mon dévolu sur une salade de fruits frais. Pouvait-il être trop tard alors qu'on venait de naître ? Je me suis persuadé qu'au-dedans de moi, obscurément, survivait un enfant sauvage inapte à l'amour filial. Je vivais une mort émotionnelle. La question était de savoir si on renaissait de cette mort-là. Novac a disparu. Il était l'heure de sa consultation. J'avais projeté de me rendre dans d'autres quartiers qu'avait pu parcourir ma mère de dix-sept ans. Mais sur le moment mes jambes restaient inertes. Sans volonté.

Il faudra bientôt que je m'en assure. Vérifier sur un registre que je suis bien né à Nice, de Lina Labrie, mineure sans profession — avait-on écrit lycéenne ou n'était-elle vraiment personne ? Est-ce que tout s'accorde, les noms, les dates, le vide dans l'espace réservé à l'identité du père ? Je voudrais voir à quoi ressemble la signature au bas de ce mensonge consigné par l'agent d'état civil. Avais-je seulement une mère ? Était-ce Lina, avec ses airs d'être ailleurs ? Si elle apparaissait à l'instant devant moi, je lui demanderais, à ma naissance, petite maman, m'as-tu embrassé, m'as-tu pressé contre toi, ai-je jamais entendu battre ton cœur ? Avant de partir, Novac m'a appris que les bébés, outre le goût de son lait, aiment d'abord de leur mère les battements de son cœur. Il a aussi ajouté qu'un nouveau-né développait en premier son odorat. L'amour de ma mère, je ne l'ai pas senti. Il a manqué une étincelle. Sur l'adolescente qui attendait la délivrance, elle ne m'a jamais éclairé. Trop coupable pour articuler un mot. C'est dans ce silence que nous nous sommes perdus. Le silence. Il est devenu notre marque de fabrique. Depuis toutes ces années, ne rien se dire a été notre mode unique de conversation.

À présent, dans cette pension paisible qui t'aurait plu avec sa décoration désuète, je cherche une odeur, une lueur. L'injustice est le propre des enfants même quand ils ont vieilli. Je me suis menti. Mais j'ai préféré ce mensonge à une vérité dont les contours m'échappaient. À l'évidence Lina m'aimait à sa façon, et je titubais dans cet amour lâche et si peu rassurant. Je m'en méfiais au lieu de le prendre pour ce qu'il était, l'élan d'une adolescente paumée que la vie m'avait confiée. Lina me prodiguait une affection à éclipse. Je ne savais jamais si elle m'aimait d'un sentiment maternel ou d'une ardeur calculée pour se faire pardonner ses disparitions, mes placements l'été chez mon oncle Paul ou chez des inconnus, ces colonies de vacances qui me privaient d'elle quand on aurait été si bien dans la prison du toi et moi que chantait Mouloudji, elle adorait ce chanteur, «comme un p'tit coquelicot, mon cœur». Parfois je cassais les verres avec mes dents de lait. Je commençais à les dévorer consciencieusement. Elle poussait des cris d'effroi devant mes lèvres en sang. Je lui en ai fait voir. C'était pour attirer son attention. Pour faire l'intéressant.

Lina ne se ressemblait pas. Tantôt c'était une jeune maman, pareille à n'importe quelle maman, la longue chevelure ambrée où je me perdais, les traits sans maquillage, la poitrine accueillante, bras ouverts, ongles courts et inoffensifs. Tantôt elle arborait une coupe anthracite, le tour des yeux cerclé du même noir que ses mèches teintes. C'était Emma Peel dans *Chapeau melon et bottes de cuir*, pantalon moulant et froideur d'acier, jupe-culotte, griffes vernies de Cruella. Où donc était passée ma petite maman ? Dans ces moments où le sol se dérobait, Mamie m'attirait à elle, mon chéri mon bichon, me recueillait tel un oiseau blessé.

Le reste de la journée s'est écoulé dans le calme du jardin d'hiver. La patronne était aux petits soins. Elle m'a offert un déjeuner de soleil sous les arbustes de giroflées blanches comme des flocons de neige. Je me sentais protégé derrière les hauts murs. J'avais tout mon temps. Je pensais à nous sans savoir ce que recouvrait ce nous. J'ai tenté de me souvenir, de revenir à nos premiers pas dans la vie, avec Lina. À chaque séparation une plaie se rouvrait en moi. Un réflexe de protection. J'étais dispensé d'amour comme on est dispensé de gym. C'était indolore, ce manque d'attaches. Adolescent, pourtant, j'avais pu faire la part des choses. Il fallait bien qu'elle danse, non ? Qu'elle trouve d'autres bras plus forts pour la rassurer. Qu'elle flirte, qu'elle en embrasse d'autres que son petit garçon, qu'elle oublie le mal qu'on lui avait fait. Qu'elle essaie, au moins, dans la frénésie des surprises-parties. Mais une nouvelle angoisse avait surgi, diffuse et menaçante. Même ensemble, on ne l'était pas. Lina n'était jamais vraiment là. Mes jeux, elle ne les aimait guère. Elle piaffait, s'impatientait, répétait qu'elle détestait les parties de cartes, de pigeon vole, de Monopoly. Tout était dans son regard. Le regard de Lina. J'en connaissais les nuances, les reflets, les défaites. Je lisais son trouble à sa façon de plisser les paupières. Une ombre passait dans ses yeux, une ombre dure qui fanait son visage. Elle était là mais elle était loin. Je ne comprenais pas ces sautes d'humeur, ces sautes d'amour. La petite fille était invisible à mes yeux. Elle crevait les tiens. Chaque jour j'étais là, et chaque jour confirmait son absence. J'étais ton garçon, je n'étais que ça, mais j'avais pris toute la place. Ton regard fonçait tellement que ta pupille dilatée recouvrait ton iris. On aurait dit l'œil froid d'un chat en colère. Tu ne pouvais pas m'habiller avec des robes, m'appeler « ma chérie ». M'en voulais-tu de ça ? D'être là et pas elle. D'avoir pris sa place. Et si tu avais eu le choix, au fond du fond de ton cœur, n'est-ce pas cette petite réplique de toi que tu aurais préféré garder ?

10

Trois jours que je suis à Nice. Un nouveau matin. Le même soleil. La même procession de petits nuages roses suspendus au fil de l'horizon. Je suis revenu sur la Prom'. Toi aussi tu finissais par te retrouver là, forcément. La plage de galets est un aimant. Assise sous une pergola, sur une chaise trempée de Méditerranée, tu laisses aller tes pensées. Ces bois flottés, tu en ferais bien ta maison. Une maison où personne ne viendrait te contrarier. Tu guettes le retour des « pointus », les silhouettes à contre-jour dans le soleil. Tu entends parler anglais, italien, russe. La jeunesse dorée de Nice passe en gesticulant. Ils sont tous beaux et attirants, les garçons en polo et pantalon de toile, les filles en robe à fleurs. Tu envies leur grâce, leur liberté. Plus tard ils se retrouveront sur la terrasse d'un yacht ou sur les hauteurs de Nice, dans le parc aux oliviers centenaires, à s'embrasser pendant qu'un jazz fera danser les âmes seules.

Une de ces journées de l'été 1960, avant la grande chaleur, tu es montée par le vieux chemin de Cimiez. Tu as eu le souffle coupé devant cette nature luxuriante en pleine ville, les colonnades, les maisons noyées dans les palmes et les touffes d'aloès, le vert profond. Tu as franchi les grilles d'un jardin à l'ombre d'un monastère. Une voix t'a attirée. Tu as dressé l'oreille. «Lina, tu regardes Pierre en souriant. Et toi Pierre, tu prends doucement Lina par la taille.» Au milieu d'un parterre d'agapanthes, un photographe donnait ses directives à un couple de futurs mariés. Elle dans la mousseline de sa robe. Lui en costume gris, lavallière au cou. Le photographe les a félicités, a pris un dernier cliché. Un autre couple attendait son tour. «Baissez votre bouquet, Lina.» Tu as sursauté. Tu te croyais seule au monde à t'appeler Lina. Tu es seule au monde, pourtant. Tu respires l'air saturé de jasmin et de fleur d'oranger. Tu te rassures en caressant ton ventre prêt à exploser. L'ombre te fait une robe de deuil. Tu n'as jamais rien eu à toi. Pas même un chaton. Cette fois tu auras un petit rien qu'à toi. Enfin, c'est ce que tu crois. Ton père vit quelque part à Madagascar. Tu étais gamine quand il a mis les voiles. Ta mère s'est livrée aux corbeaux d'église. Tu es sans nouvelles de tes frères. Tu t'es fait une raison. La famille, c'est mieux sans.

Le 26 août 1960, à cinq heures du soir, tu t'es ouverte comme la mer Rouge. Je suis né, sauvé des eaux. Dire que Moshé Moïse a manqué ce spectacle. Cinquante-sept ans ont passé, bientôt cinquante-huit. Il me manque ta chaleur, ton odeur animale quand nous étions unis toi et moi, sans une ombre sinon celle des palmes de Saint-Roch, à cet instant je choisis Saint-Roch, son beau palmier ô ma mémoire. La Méditerranée est mon liquide amniotique.

Elle circule dans mes veines. Il paraît qu'à l'intérieur du corps le sang est bleu. C'est à l'air qu'il devient rouge. Tu parlais autrefois de notre sang bleu.

Tout à l'heure j'ai pris l'ascenseur qui mène au château. Devant moi j'ai comme une vue d'avion sur le port, avec les énormes ferries qui relient la Corse et la Sardaigne, des immeubles flottants remplis de vacanciers du troisième âge. Maintenant je redescends les escaliers du Belvédère à travers une végétation robuste qui ne connaît pas l'hiver. Je suis sûr que tu as marché ici. En longeant le cimetière israélite, derrière l'imposant rideau d'arbres protégeant les stèles, je ne peux m'empêcher de chercher le nom de Moshé. Il est introuvable. Me sautent aux yeux d'autres patronymes, Benhamou-Ducloux, Messiah, Van Cleef. À l'entrée, je m'arrête devant un monument qui célèbre les victimes de la déportation. Une urne renferme les cendres de juifs niçois recueillies dans les chambres à gaz et les fours crématoires d'Auschwitz. Dans une autre, du savon à la graisse humaine fabriqué par les nazis.

La colline du château s'est drapée de brume. Je me suis dépêché de dévaler l'escalier monumental. J'avais besoin de retrouver la tiédeur du soleil, la lumière à la place des ombres. De te retrouver toi, petite maman. En 1960, le virus de l'amour est une sale maladie quand on n'a pas la bague au doigt. Dix-sept ans. Je continue à chercher tes dix-sept ans, le sillon qu'ils ont laissé dans les ruelles étroites, dans les reflets des vitrines des marchands d'art et de souliers cambrés où glissent tes rêves inaccessibles. Fini la parenthèse enchantée. Ta mère est excédée. C'est déjà assez pénible, mon grand-père qui l'a quittée pour une créature de l'océan Indien — j'entends le mot «négresse» —, la plantant là avec ses quatre mômes. Heureusement que Marc, ton frère aîné, ne lui apporte que des satisfactions au lycée agricole. Parti soldat en Algérie, il sera bientôt la fierté de la famille. Le reste n'est que désolation : son fils Paul aime les garçons. Et Jean-Jean, le futur prêtre, a déguerpi du séminaire à la première jupe venue. Il ne manquait plus que ça, un bâtard dans le ventre de Lina ! Quand l'enfant sera là, on avisera. « Ça se tassera », répète Mamie, sans que tu saches ce qu'elle entend par « se tasser ». C'est après que tu la verras à l'œuvre. De tout cela je connais l'essentiel. Très jeune j'ai épié les conversations des adultes, quand ils croient que les enfants n'écoutent pas. Ce que je sais tient en peu de mots. À seize ans, tu as aimé Moshé Uzan, un jeune étudiant en médecine natif de Fès. Tu ne m'en as jamais parlé. C'était trop de chagrin d'évoquer cet amant disparu par l'opération du Saint-Esprit, si on peut appeler ainsi les manigances de ta mère pour l'éloigner à coups de chapelet. Avec Moshé rien n'a été possible. Rien de possible, sauf moi. Désiré, pas voulu. Les paroles assassines du confesseur chauffent encore tes oreilles : père manquant, enfant manqué. Plus tard, Michel Signorelli nous a pris sous l'aile de son nom. La Tunisie effaçait le Maroc. Ce fut un beau mariage, sans église et sans chichis. J'y étais. Nous étions seuls, nous les Labrie, un nom comme un faux ami. À l'abri de rien. Michel, lui, avait une smala haute en couleur et en accents, des aïeux en Sicile et en Algérie, une manière de parler avec de grands gestes.

C'était un kiné de campagne comme il est des curés de campagne, mais les curés, lui, il les aurait bouffés en salade. En même temps que toi j'avais changé de nom à la mairie. Éric Labrie était devenu Éric Signorelli. Ça sonnait bien. Michel, on l'appelait «l'homme aux mains d'or». C'est avec ses belles mains qu'un soir, je n'insiste pas, il goûta au canon d'une carabine. Michel avait remplacé Moshé sur la terre, le temps de m'aider à grandir. Moshé est réapparu sur la fin. Michel, Moshé. Deux pères ont effacé une mère comme un drame peut en cacher un autre.

11

J'aurais dû y penser plus tôt. L'après-midi s'achevait.
Un petit vent sec balayait la Prom'. On entendait le gron-
dement des rollers sur l'asphalte. Des couples flânaient.
J'ai bifurqué devant la plage de l'Opéra pour rejoindre la
vieille ville. Les bureaux de l'état civil étaient encore
ouverts. Une odeur de beignets au poisson et de pastis
montait des terrasses. J'ai pris mon tour dans la file
d'attente. Ça ne serait pas long. Une étudiante en termi-
nait. Sa carte d'identité était périmée. Elle projetait un
voyage en Chine, oui, toute seule, soutenait-elle. Je
l'entendais qui plaisantait avec l'agent dont je ne pouvais
distinguer le visage. À coup sûr il l'aurait volontiers
accompagnée sur la Grande Muraille ou ailleurs, de préférence par la route de Shanghai comme disent les taxis
niçois quand ils infligent de longs détours aux clients
ignorants du meilleur itinéraire. L'idée que j'étais périmé
m'a traversé l'esprit. Il était presque six heures. Le fonctionnaire avait une cinquantaine d'années, les cheveux
grisonnants, une petite bedaine qui tendait le tissu de sa
chemise à hauteur du nombril. Un badge rouge épinglé

sur sa poitrine avec son prénom, José. Je m'étais dirigé vers le bâtiment, convaincu de n'avoir rien à perdre. Ce n'était pas sûr. Mon pouls s'est accéléré. J'ai appris à reconnaître les neuf pouls du corps, chacun associé à un organe. Celui qui s'emballait était le pouls du foie, le pouls de l'inquiétude. Un voile de sueur mouillait mon front. Quand ce fut mon tour, l'agent m'a regardé d'un air absent. Quelque chose m'a gêné sur son visage. Une calvitie des sourcils qui lui donnait un regard inquisiteur. J'ai balbutié que je souhaitais consulter le registre d'état civil où figurait mon acte de naissance. Plus je parlais, plus je perdais mes moyens. L'homme aux sourcils nus m'a dévisagé avec une curiosité renouvelée. Il devait me trouver bizarre. Intérieurement je tentais de reprendre le dessus. «Vos papiers», a murmuré l'agent. J'ai montré mon passeport. Je n'ai plus de carte d'identité depuis qu'elle a fini décolorée dans une machine à laver, j'étais jeune encore. Vivre sans papiers officiels, c'est une manière de ne pas savoir qui on est. Il a tourné les pages, s'est arrêté sur ma photo et mon nom. «Signorelli ? Mais ce n'est pas le nom que vous m'avez indiqué !» J'ai poussé un soupir : «Je m'appelais Labrie à ma naissance.» Il a pris un air suspicieux. «D'habitude ce sont les femmes qui changent de nom quand elles se marient. — C'est justement ce qui est arrivé à ma mère.» L'épreuve m'a paru pire que de passer un examen. Mon pouls galopait. J'avais investi ce petit homme d'un pouvoir exorbitant : me prouver que j'existais.

«Je suis né le 26 août 1960 vers cinq heures du soir», ai-je répété. Il avait disparu. Pendant qu'il farfouillait dans un passé dont j'ignorais s'il allait me le rendre, je me suis souvenu d'une scène de mon adolescence. Michel Signorelli nous avait installés à Nieul-sur-Mer, un village de Charente-Maritime où la vie était simple. J'avais dû produire mes papiers d'identité pour m'inscrire dans un club de foot. Ma mère avait sorti de la commode un document que je n'avais jamais vu, protégé par un rabat de velours bordeaux où ces mots brillaient en lettres d'or : *livret de famille*. Une fois seul, je l'avais feuilleté fébrilement, persuadé que j'allais enfin connaître le secret, notre secret. Les noms de Lina et de Michel étaient tracés d'une écriture stylée à l'encre bleue. Tout était consigné, leurs date et lieu de naissance, les noms de leurs père et mère. J'avais frémi en découvrant l'espace qui indiquerait le jour venu la date de la mort de mes parents. Comme s'ils pouvaient mourir ! Poursuivant ma lecture, j'étais tombé sur la page me concernant. Plus que la date encore vierge de mon décès, une autre mention m'avait ébranlé. J'étais le fils de Lina et de Michel Signorelli. C'était tout. Pas de trace d'Éric Labrie. Lina et moi n'existions pas avant. Nulle part ne figurait le nom de ma mère que j'avais porté pendant dix ans chez les poussins des Girondins de Bordeaux — j'y avais inscrit depuis mon fils Théo —, en primaire à Saint-Bruno, ou encore au centre aéré de Gujan-Mestras. Il fallait se faire une raison. On m'avait chassé de mon nom. Sur les pages suivantes, les actes concernant mes frères étaient impeccables. Ils étaient bien des Signorelli pur sucre, autant que notre père raffolait des sucreries. J'avais aimé lire leurs noms après le mien. Je m'étais ainsi retrouvé à la tête d'une fratrie. C'était la prime Signorelli. Avec un livret à peau de velours et lettres d'or.

Je me souviens de nos promenades sous les arcades de La Rochelle. Si Lina croisait des amis, elle montrait Jean endormi dans sa poussette pendant que François gesticulait dans les bras de mon père. Quand elle se tournait vers moi, elle en avait plein la bouche pour dire avec fierté, « mon fils aîné ». J'entendais « mon fils est né ». C'était chaque fois la confirmation que j'existais bien à ses yeux, mais j'éprouvais aussi une sourde inquiétude : je n'étais donc pas né une fois pour toutes. Il fallait qu'à chacun elle redise « mon fils est né, mon fils aîné », comme une hypothèse à vérifier sans cesse. C'était pareil pour l'affection. Un soir à la radio, j'avais entendu parler d'un vol par effraction. Je m'étais senti visé, moi qui chapardais partout, chez mes amis, dans les affaires de Mamie et de Lina, jamais dans les magasins. Je volais par affection, parce que j'aimais posséder une partie d'eux, m'approprier ce qu'ils avaient de plus cher. Les vignettes de footballeurs de mes copains de classe, les boules de gomme au miel de Mamie — mais jamais ses boules Quies écrasées —, les tubes de rouge à lèvres de maman. Je ressentais une indulgence particulière pour les cambrioleurs entrés par effraction, puisque à mes yeux de miro ils avaient agi par affection, la même qui justifiait mes larcins auprès de mes proches. Dans le livret naguère confié par ma mère, coincée dans le rabat, j'avais enfin aperçu une feuille volante pliée en deux. Elle portait le cachet de la mairie de Nice. C'était le document que je cherchais à présent. L'acte faisait état de ma naissance de père inconnu. Mais cette mention était rayée proprement, si on peut rayer proprement dix années de votre vie, remplacée au stylo bille par une phrase tranchante : «reconnu le 17 février 1970 par Michel Signorelli, époux de Lina Labrie». Mon attention s'était concentrée sur cette perte de mon nom maternel en échange du patronyme à l'italienne, comme il est des klaxons et des divorces à l'italienne, de Michel. Transplanté de Labrie en Signorelli, j'avais connu l'exil immobile, une perte de connaissance, la sensation de n'être plus moi.

L'homme est remonté d'un pas lourd. Il était essoufflé. «Je suis désolé, monsieur, ces registres font partie des lots détruits par les grandes inondations de 2015. Vous trouverez ce que vous cherchez sur microfilm, mais il faudra repasser.» Il a fermé son guichet. Je suis ressorti avec la certitude que je ne reviendrais pas.

12

Le jour s'étire comme un vieux chat. Je me suis engagé à pied dans l'avenue Jean-Médecin, loin de l'état civil et de ses papiers introuvables. Une odeur de citronniers me poursuit depuis la place Masséna. Je te vois mieux à présent que je respire l'air de tes dix-sept ans. L'imagination est un fil solide. Tu as actionné un tourniquet de cartes postales dans une rue étroite d'où tu aperçois la façade massive du Ruhl. Tout est imprimé en noir et blanc, sauf cette vue sur la coupole rose du Negresco. Son propriétaire lui a donné le galbe du sein de sa fiancée. L'histoire t'a fait rougir quand un groom entreprenant te l'a soufflée en hâte, avec l'espoir de ralentir ton pas, un matin que tu passais devant le palace. Le tourniquet grince. Ton regard plonge dans ces images de rêve. Tu es heureuse de donner Nice à ton enfant qui va naître. Tu penses qu'il aimera la pureté de la lumière. Tu choisis quelques cartes que tu retires du présentoir. Tu les contemples les yeux écarquillés. La Promenade bien sûr, le cours Saleya, les pointus du port, les pêcheurs qui vendent leur butin à même leurs barques fuselées, sur les quais, tôt matin ou à la tombée du jour, quand les filets emprisonnent le couchant. Tu attrapes aussi cette image de petits vendeurs de socca à la peau noiraude. À les regarder, l'envie te prend de croquer dans la pâte croustillante. Mais un voile de tristesse vient de flétrir ton regard. Tu as reposé une à une les cartes postales dans le présentoir. Tu repars la tête basse, mains ballantes, seule avec moi dedans, seule donc. Tu n'es pas une star de cinéma et pourtant tu es à Nice incognito. Personne ne doit savoir que tu es là. Pas même ton amie Jacqueline. Personne. À qui veux-tu écrire, petite étourdie ?

Sur le trottoir de la rue Ségurane, je retrouve à l'instant ces mêmes cartes postales dispersées dans de simples bacs en bois. Le temps s'est arrêté. Les écritures au dos ont seulement pâli. Je jurerais que tu les as tenues entre tes mains. Des vues sans ordre précis, avec ces mots gentiment banals : « bons baisers de Nice ». Voilà qu'apparaît une image aérienne du port en 1960. Une autre montre l'avenue de la Californie. Une baigneuse quitte le rivage en ski nautique, tirée par un hors-bord fendant la mer. La capitaine des majorettes lance son bâton dans le ciel azur. Plusieurs photos sont cadrées en gros plan devant l'entrée des plus belles églises de la ville, Notre-Dame, Sainte-Réparate, les Pénitents blancs de Sainte-Croix. Elles sont signées d'un certain Jean Gilletta. Sur ce tirage pris au cœur du Vieux-Nice, une imposante façade baroque s'offre au soleil d'été. Une jeune femme est assise au sommet des marches de l'église Sainte-Croix, vêtue d'une robe courte qui la serre à la taille. C'est normal, elle est enceinte. C'est toi. C'est nous à la porte du bon Dieu.

J'ai traversé le miroir d'eau qu'ils ont installé sur la promenade du Paillon. Un léger nuage m'enveloppe, un suaire de petite pluie perlée qui monte des dalles de basalte. Des enfants prennent d'assaut une gigantesque baleine en bois. Seul dans son coin, un petit garçon pleure. Depuis l'attentat, je ne suis pas le seul enfant qui cherche sa mère. J'ai ressorti de ma poche la carte postale de Sainte-Croix. En la retournant, je lis 1960. Est-ce bien Lina, cette jeune fille ronde aux boucles claires ? Plus que son allure, c'est son regard qui me trouble. Elle fixe l'objectif d'un air de défi. Nul ne doit la remarquer. Elle n'existe pas. « Si on t'interroge, tu diras que tu n'es personne », a insisté ma grand-mère avant de repartir pour Bordeaux. La jeune femme a fait oui de la tête mais en désignant son ventre elle a demandé : « Et là, il n'y a personne ? » Sa mère a craché des mots-serpents, juif, honte, déshonneur. Un photographe arpentant les rues a fixé Lina sur sa pellicule. La voici dans sa robe de coton clair, avec son début d'enfant et son petit air buté de Marlène Jobert. Elle est vengée. Son sourire triomphant, un brin amer. Que la lumière soit. Tu es lumière, Lina bella.

13

Te téléphoner. Quand je me décide enfin, j'essaie sur tes deux téléphones, le fixe et le portable. Ta voix dans le répondeur. Une voix qui n'existe pas. Vive, enjouée, presque gaie. Une voix d'avant. Elle laisse croire que tout va bien, que la vie est une bonne farce dont il faut se réjouir. Si ce n'est pas le répondeur qui se déclenche, à peine dis-tu «allô» que la communication s'interrompt. Ou alors tu ne m'entends pas. Ou alors je ne t'entends plus. Ton village est mal couvert par le réseau, c'est ton excuse, si d'aventure on parvient à se reparler une poignée de secondes avant d'être à nouveau coupés. Difficile de tenir une conversation suivie. Il faut répéter, recommencer, subir encore une ou deux coupures, se rater encore parce que chacun tente de joindre l'autre en même temps. Ton agacement aggrave le mien. C'est sans fin, et il n'y a pas de début. La terre entière réussit à se parler sans obstacle sauf une mère et son fils, nous. On ne s'entend pas, on ne s'entend plus. Je feins de ne pas savoir, mais je sais. Je m'en suis aperçu l'autre jour pendant le fameux déjeuner avec mes frères. Deux ou trois fois, j'ai surpris ton air exaspéré. Malgré les appareils que tu ajustes dans tes oreilles, le brouhaha des conversations te fatigue. Je t'ai vue serrer les dents et piquer du nez, remâchant ta frustration de te sentir isolée au milieu de nous. Ne rien comprendre te plonge dans une infinie tristesse, surtout si une blague déclenche nos rires. Tu ris aussi d'un rire absent, et ce rire nous donne envie de pleurer. Être sourd, c'est être seul.

Je reviens à nos quiproquos téléphoniques. Quand on réussit à placer plus de trois mots, je m'en tiens au minimum. Ces appels impossibles m'ont vacciné contre le bavardage. Ce soir pourtant, alors que le couchant rougit la baie, j'aimerais te dire que je suis là et que je pense à toi, petite maman. Et deviner ton sourire, à l'autre bout du soleil.

14

J'ai repris le chemin de La Merenda. J'avais besoin d'un endroit qui ne change pas. La salle de restaurant était pleine à craquer mais on m'a trouvé une table à côté des cuisines. Je sentais la chaleur des fourneaux et d'incroyables parfums d'herbes et de mer. J'ai dégusté lentement les plats de la carte. Le patron me surveillait du coin de l'œil, guettant mon approbation devant ses sardines farcies, ses beignets de courgette, son petit vin rigolo, comme il l'appelait en versant un rosé pareil à un jupon de Gitane. Peu après mon arrivée, une tribu a pris d'assaut les tables voisines. J'ai fait comme autrefois quand tu m'emmenais au restaurant. On regardait les gens. On les écoutait. C'était impoli. On adorait ça. Nous étions si peu une famille. J'ai compté douze personnes, les grands-parents, un fils de grande taille, les cheveux épars, deux filles joliment maquillées, la quarantaine épanouie, quelques ados, des enfants, un bébé dans sa poussette avec sa jeune maman. Tu te rappelles ? On tendait l'oreille. On cherchait les ressemblances, on se demandait qui était le fils ou la fille de qui. Puis on se taisait. Rien n'était plus important que ce spectacle qui brisait notre solitude. Elles nous impressionnaient, les vraies familles. Chez les Labrie, ce genre de réunion tournait vinaigre. Avant chaque repas de fête, ta mère prévenait : « On ne parlera pas de politique. » Tu répliquais : « On ne parlera pas de religion. » La paix était toujours armée. S'ils avaient pu, tes frères se seraient traînés devant les tribunaux, c'était leur manière de ne pas s'aimer. Mamie et Lina remâchaient en silence la vie qui ne passait pas, le nez dans leur assiette. Personne n'évoquait mon père. On ne parle pas des fantômes à table.

Je me suis toujours méfié de la famille. Des hommes de la famille. Tu avais un mot pour parler d'eux. Tu disais : « Ils ont pris la tangente. » Quand ils te décevaient, tu ajoutais : « Moi, j'ai tiré un trait. » La géométrie m'a appris que la tangente était une droite amoureuse d'une courbe. J'en ai déduit que les hommes de la famille — moi compris — préféraient les fourberies de la courbe aux droitures de la droite. Combien de fois Michel, dans mon adolescence, m'accabla de « tiens-toi droit ! ». Tangente vient de *tangere*, toucher. En prenant la tangente de mille façons, nous les hommes, les Labrie, les Signorelli et les Uzan dans le même sac, avions cultivé à la perfection l'art de ne pas se toucher. Il y en avait du monde, sur cette tangente. Une véritable autoroute. Chacun avait eu ses raisons. Toutes les femmes Labrie s'étaient retrouvées seules avant l'heure, veuves, délaissées, oubliées… Avant la Première Guerre mondiale, le père de ma grand-mère, un médecin apprécié pour ses farces et son diagnostic, avait pris la tangente du cancer à trente-trois ans. Une drôle d'idée pour un carabin. Son décès brutal lui fit une mauvaise publicité rétroactive, puisqu'il n'avait su terrasser son propre mal. «Il est parti à l'âge du Christ», insistait ma grand-mère, qui voyait là une grâce divine. Elle était bien la seule. Les mauvaises langues chuchotaient qu'il s'était laissé mourir pour avoir la paix. Mon grand-père, lui, avait donc pris la tangente de l'océan Indien après avoir honoré sous la ceinture tout ce que son épouse comptait de meilleures amies. «Une pratique hygiénique», se consolait ma grand-mère. Une tangente pouvait donc mesurer quelque dix mille kilomètres et traverser plusieurs fuseaux horaires. Mon père de sang Moshé avait glissé sur la tangente réservée aux juifs marocains indésirables. Quant à Michel, un fusil l'avait expédié sur la tangente interdite par l'Église. Les choses avaient pourtant bien commencé. Mes parents s'étaient unis un jour enneigé de la Saint-Valentin. Au sortir de la mairie, les flocons avaient blanchi nos manteaux et les tempes de mon père qui avait vieilli d'un coup. Quelques photos nous ont immortalisés souriants. Depuis, je sens toujours le poids de la neige sur mon manteau d'enfant.

J'ajoute, petite maman qui ne m'as pas rejoint ce soir à La Merenda — tu devais redouter ce conseil de famille —, que la tangente causa pas mal de dégâts chez mes oncles maternels. De tes trois frères aux prénoms d'évangélistes, tu n'en comptes plus un seul à l'horizon. Marc, l'aîné, a pris la tangente de l'outre-mer, quelque part entre Maurice et La Réunion. Paul, le deuxième, a pris lui aussi la tangente du suicide avec de jolis comprimés multicolores, pour incompatibilité d'humeur avec la vie. Enfin le petit dernier, Jean-Jean, a pris la tangente estampée du Japon, persuadé qu'il en était originaire depuis l'époque des shoguns, ces grands généraux pacificateurs. Aux dernières nouvelles, il prétendait avoir commis là-bas un crime atroce. Les faits auraient eu lieu dans les années 1600, lors d'une de ses nombreuses réincarnations. Nul n'a pu évaluer l'impact de la bagarre sans merci que s'étaient livrée tes frères dans leur tendre enfance, Marc ayant cassé une bouteille de bordeaux vide sur la tête de Paul et de Jean-Jean pour une affaire de soldats de plomb. Mon arrière-grand-père médecin — évaporé par un décret divin — n'était plus là pour établir son diagnostic. Je ne désavouais pas Lina quand elle disait de ses frères qu'ils avaient «un pète au citron». J'ai gardé un faible pour Paul qui me révéla l'existence de Moshé. Et aussi pour Jean-Jean à cause de ses deux principales qualités. Il savait remuer les oreilles et glisser le bout de sa langue dans ses narines.

La famille se plaisait à La Merenda. L'ambiance était joyeuse. Le grand-père, tignasse blanche, teint hâlé, promenait le même regard malicieux et perçant que ses filles. Le fils tirait plutôt vers sa mère, une petite dame sans façon, ne demandant rien de plus à la vie que d'être là tous ensemble et de laisser couler le temps. D'autres clients avaient rempli les tables encore libres. Je me sentais déplacé au milieu de cette assemblée. Le patron s'est approché de moi avec un large sourire. «Besoin de rien, monsieur Signorelli? — Vous connaissez mon nom? — Oh, à la longue, tout finit par se savoir.» J'ai eu l'impression qu'on était de vieux amis, qu'on avait joué tous les deux aux osselets, autrefois, dans la cour de Masséna. À la fin du dîner, il m'a serré la main avec chaleur. «Revenez bientôt», m'a-t-il lancé d'un clin d'œil. Il avait l'air d'en savoir long sur les familles.

15

Tôt le lendemain, installé près du buffet du petit déjeuner, le docteur Novac était sur le pied de guerre. D'un signe de la tête il m'a invité à le rejoindre. « Je vais devoir filer, a-t-il dit en me saluant. Le Père Noël géant devant l'hôpital a brûlé cette nuit. On a découvert des bidons d'essence vides sur la plage. Tout le monde est à cran. Même ceux qui croyaient aller mieux ont brutalement rechuté. À l'approche des fêtes, c'était couru. »

Pendant que le docteur Novac regagnait Lenval, je suis resté avec toi. J'entends encore ta voix triomphale, à la veille de l'an 2000. « Je m'installe à Nice ! » Tu étais seule au monde, encore une fois. Ta vie était poussière mais ici la poussière brillait. Je cherche encore pourquoi ce retour là où gamine tu t'es sentie abandonnée de tous. Voulais-tu revoir cette lumière, exorciser le souvenir d'Ascros, respirer les parfums du marché aux fleurs, l'odeur entêtante des citrons ? Espérais-tu retrouver la courbe de ton ventre quand il imitait la baie des Anges ? Tu as si peu vécu à Nice. Assez pourtant pour retenir l'essentiel. Le jour dure plus longtemps, le soleil est plus chaud, les étoiles brillent plus fort dans la nuit. Tu t'es installée au pied du château, là où la Prom' s'escarpe avant de plonger sur le port Lympia. Malgré tes demandes répétées, je ne suis pas venu te voir. De temps en temps, c'est toi qui « descendais » à Bordeaux, comme tu disais, même si je me représentais le trajet vers nous comme une montée. Je m'efforçais d'être chaleureux. Tu me répétais ce qu'on murmure aux gosses, ne prends pas froid, tu devrais te reposer, comment va ton dos ? Tu interrogeais l'adolescent que je n'étais plus depuis long-temps, est-ce que tu manges assez, fais-tu de l'exercice ? Je répondais avec application, toujours trop distant. Sylvie me faisait des signes pour que je manifeste plus d'entrain. Que je te sourie. Tu poursuivais coûte que coûte, petite chèvre de Monsieur Seguin. J'étais le méchant loup. Je m'en voulais à peine tu avais disparu après nous avoir comblés de cadeaux — Apolline et Théo, heureusement, te témoignaient leur affection. À moi tu laissais un stock de vitamines et de cachets de toutes sortes pour le foie, contre la fatigue ou les maux de gorge. Tu étais de cette génération qui croyait aux médicaments. Au moment de repartir pour Nice, tu retentais ta chance, j'aimerais tellement vous recevoir — un vous qui signifiait toi, mon fils —, dans mon « chez-moi » devant la promenade des Anglais. « Tu pour-rais te déplacer au moins une fois », risquais-tu d'une voix vaincue. À Nice tu travaillais comme infirmière de nuit. L'amour de ton prochain sans les bondieuseries. C'était ta vie, le malheur des autres qui engourdissait le tien. Tu soignais d'autres souffrants, des malades en fin de course. Pansements, piqûres, toilette. Au bout de quelques années, le sommeil en charpie, tu avais changé de rythme pour te limiter aux remplacements dans un cabinet libéral. Quand tu t'es mise à sillonner la ville dans ta petite voiture, il t'arrivait de somnoler entre deux patients pour reprendre des forces. L'âge de la retraite approchait. Tu me disais vouloir travailler le bois, les racines, les pierres, les coquillages, tout ce que ramenait la mer, tout ce qu'offrait la montagne où tu disparaissais seule des jours entiers pour de longues marches. Ton existence tenait désormais dans ces gestes. Peindre, sculpter, malaxer la terre, marier les matières et les couleurs, donner une âme aux objets. Tu me racontais ton atelier, tes tiroirs débordant de perles, de chutes de cuir. Tes progrès pour manier l'emporte-pièce, le pic et le marteau, les outils de modelage quand tu plongeais tes mains dans l'argile. À chaque saison tu m'attendais. Tu m'envoyais des photos de tes dernières pièces avec un mot : « Elles sont tellement plus belles en vrai. » C'est à peine si j'accusais réception. Tu trouvais mon écriture illisible. Mes gribouillis de prof. J'avais saisi cette excuse pour ne plus guère te donner de nouvelles. Si les enfants t'écrivaient une carte, Sylvie m'obligeait à ajouter un mot, toujours le même, « des bises, petite maman », ça aussi me coûtait. Et pas une petite Marie, une petite Élisabeth pour te consoler.

En milieu de matinée, je suis allé m'asseoir devant la mer à hauteur du Lido. Au bout de la Prom', le Père Noël calciné ressemblait à une créature du diable. Ce spectacle m'a ramené un souvenir douloureux. Un tableau que tu avais peint pour moi. Je l'avais trouvé un soir à la maison en rentrant de la fac. Les enfants attendaient, très excités. Une œuvre de Mamie! Je sentis Sylvie plus réservée. Une barre d'inquiétude creusait son front. «Apolline et Théo voulaient absolument ouvrir. On s'est permis…» J'allais dire qu'ils avaient bien fait quand j'ai découvert l'œuvre en question. C'était une projection de peinture rouge que tu avais laissée retomber en longs filets dégoulinants. On aurait cru du sang. Ton sang. Le mien n'avait fait qu'un tour. Une immense douleur sortait de la toile. Je m'étais senti agressé. Séance tenante, j'avais remballé le tableau devant le regard stupéfait des enfants. Lorsque tu «montais» nous voir à Bordeaux, j'accrochais ton œuvre dans un recoin du salon, mais elle était chaque fois plus difficile à supporter, cette vision d'Apocalypse. Vint le jour où tu cherchas partout le tableau dans notre appartement. J'avais oublié de le ressortir. Sans un mot tu le remportas à Nice. Il n'en fut plus question. Dans ce tableau tu avais mis tout ton cœur, et ton cœur, je l'avais piétiné.

16

Hier soir je n'ai pas revu Novac à la pension. Il m'avait prévenu qu'il était débordé. La nuit a été réparatrice. Pas de rêve perturbant, pas de pensées qui vous taraudent jusqu'à l'aube. Je me suis levé avec le jour. J'ai loué une petite Fiat dans une agence du port, direction Ascros. J'ai l'impression que je vais te retrouver. Je fais attention au vide sur la route qui s'élève. La voiture se joue de la pente. Je suis surpris de voir les mimosas en fleur. Des escarbilles de soleil. Je n'imaginais pas le village au sommet d'une paroi rocheuse. Tu devais avoir le vertige, tout là-haut. Une femme s'active au lavoir, le buste en avant, manches retroussées, un paquet de linge à côté d'elle. Je te cherche dans la moindre silhouette adolescente. Je me demande si Pierrot habite encore ici. Est-il un des derniers bergers qui montent à l'estive au printemps ? Ou un des bâtisseurs anonymes de ces murs en pierre sèche qui rayent le paysage ? Je cherche tes pensées sur l'eau savonneuse du lavoir. Tu attends Moshé. Il a promis qu'il viendrait mais il ne donne plus de nouvelles. S'est-il défilé, trop content ? Tu écartes rageusement cette idée. Moshé n'a qu'une parole. S'il est venu te voir à Ascros, il reviendra. Il a pris contact avec l'accoucheur qui s'occupera de toi à Nice. Quelle maternité? Tu ne sais toujours pas. Entre confrères, ils s'entraident. Te voilà rassurée. Tu le serais plus encore s'il t'appelait. Il devait rentrer à Rabat pour des formalités puis te rejoindre aussitôt. C'était simple comme bonjour, des papiers, un tampon. Tu ne l'as jamais revu.

La placette du village resplendit. Il ne passe pas grand monde, un dimanche de décembre. Les gens préfèrent rester en bas, arpenter la baie des Anges, regarder couler le sang bleu. Je te cherche, petite maman, à travers les ruelles aux murs si étroits qu'on pourrait s'érafler les coudes. Je te devine encore assez menue pour te faufiler dans ce lacis. Je redoublais de coups de pied. Tu as dû me maudire. Pour l'instant j'entends le klaxon d'une camionnette qui s'élance dans le vide. Tu n'avais pas les sous pour un taxi médicalisé. Tu as pris place dans le bus aux suspensions raides comme du bois, avec la trouille d'accoucher en route. Qu'aurait-il fait, le chauffeur en tablier blanc et casquette à visière, d'une fille qui met au monde un enfant sur ses sièges en skaï? Je m'emplis des paysages que tu voyais. Je les imprime en moi. Les restanques dégringolant en escalier jusque dans la vallée, les cimes du mont Agel, les premiers sommets des Alpes recouverts de neige, l'Esterel. Manque le chant des cigales réservé à l'été. Tu l'as enregistré, même sans magnétophone. Je suis arrivé. M'en as-tu voulu de n'être pas Moshé et de lui ressembler autant?

17

L'homme s'est dirigé droit vers moi. Je venais de rentrer d'Ascros. Assis au bar du palais de justice devant une caïpirinha — j'avais demandé une paille courte pour mieux sentir l'alcool de canne —, je pensais à notre histoire absurde. Moi ici quand tu n'y étais plus. Ce n'était pas très malin. Ma virée sur les hauteurs ne m'avait guère éclairé. J'étais vide et renfrogné, avec la nette sensation de tourner en rond. L'alcool commençait à dissiper mon humeur morose quand l'homme s'est penché à ma hauteur : «Vous me remettez?» Je n'étais pas sûr de pouvoir remettre qui que ce soit, comme il disait. J'avais envie de respirer la mer, d'entendre le bruit régulier des vagues, d'oublier les raisons qui m'avaient mené ici. Il m'a tendu la main. «José, de l'état civil.» Après une hésitation, je lui ai tendu la mienne. Il était souriant. Non, je n'étais pas sûr de le reconnaître. «Vous aviez l'air si déçu l'autre jour, quand je vous ai dit que les archives avaient été détruites. J'ai appelé un vieil ami de *Nice-Matin*, il travaille à la documentation. Tenez.» Cette fois je le remettais. José, en effet, le chauve des sourcils. Il ne portait pas son badge rouge avec son prénom. Il paraissait plus grand, plus jeune aussi, enfin quelque chose de plus vivant émanait de son visage, comme si travailler à l'état civil l'effaçait au profit de toutes les autres identités dont il avait la charge. D'une serviette en cuir entretenue avec soin il a sorti un exemplaire de *Nice-Matin*. «26 août 1960 ! s'est-il écrié d'un air triomphal. Je l'avais demandé au cas où je vous recroiserais à Nice. Le hasard fait bien les choses, n'est-ce pas ?» Il était heureux de me l'offrir. J'ai pris le journal de bonne grâce. C'était la meilleure nouvelle de la journée, peut-être même de tout mon séjour niçois. «Je l'ai à peine ouvert, a précisé José. Juste l'horoscope, un péché mignon. Vierge, votre signe je crois. Lisez, vous ne serez pas déçu.» Je l'ai remercié. «Vous êtes né un vendredi», m'a-t-il dit en repartant. J'ai posé le journal sur mes genoux sans l'ouvrir. Il était en bon état, on aurait juré qu'il était paru le jour même. Les gros titres annonçaient des drames au Congo et en Algérie. Ça me faisait une belle jambe, d'être né un vendredi. J'ai pensé à appeler Lina. Chaque jour je pense à l'appeler. Chaque jour je ne l'appelle pas.

18

Le ballet des avions au-dessus de la baie des Anges. Ce matin, les longs courriers rayent le ciel d'un trait pâle. D'autres appareils rasent la mer et amorcent leur virage sur l'aile, le nez face à la Promenade, avant de sortir leur train d'atterrissage. Tu as toujours aimé les avions. L'idée de partir. Ou que quelqu'un vienne te chercher pour t'emmener je ne sais où. C'est un endroit pour nous, un aéroport. Nous avons passé notre vie en instance de départ ou de retour. Après mon petit déjeuner à la pension, je me suis fait déposer par un taxi à Nice-Côte d'Azur. Je voulais ressentir l'animation des pistes, observer le petit nuage de poussière que soulèvent les roues quand elles touchent la bande de ciment. Pendant le trajet, le chauffeur m'a glacé avec l'histoire d'une comédienne dont il ne retrouvait pas le nom et qui avait perdu la vie autrefois près d'ici, un après-midi de pluie. «Vraiment, ça ne vous dit rien ? insistait le type. Au tout début des années soixante ! Bon Dieu, j'ai son nom sur le bout de la langue.» Pensait-il à la princesse Grace ? Non, c'était bien plus ancien. «Elle allait prendre son avion. Il

101

tombait des cordes. Tous les journaux de l'époque en ont parlé. Elle venait de repérer une belle paire de chaussures dans une vitrine du Vieux-Nice. Elle était déjà en retard, mais elle n'a pas pu résister. Un modèle encore introuvable à Paris, vous pensez ! Elle s'est arrêtée pour les essayer, et bien sûr elle les a prises. Pour gagner du temps, elle les a gardées aux pieds. Son malheur c'est qu'elle conduisait une voiture de location. Une Renault 10 avec des pneus pas terribles. Quand elle est repartie, la pluie redoublait. Elle roulait très vite pour ne pas rater son vol. On a dit que la route était glissante et qu'elle avait perdu le contrôle de son auto dans un virage serré. C'est sûrement vrai. Je connais le marchand qui lui a vendu ses godasses. De superbes italiennes. Il ne s'en est jamais remis. Le cuir mouillé des semelles neuves a dû glisser sur la pédale de frein. Si elle avait conservé ses vieilles chaussures, elle aurait pu éviter le pylône. Mais avec des si... » Notre échange s'est interrompu brusquement quand il m'a déposé devant la porte des départs, moi qui ne partais pas. Il était déçu de n'avoir pas retrouvé le nom de la comédienne. À peine descendu, un détail m'est revenu. À propos de toi. Une des rares fois où nous avons fait des courses ensemble à La Rochelle. Tu es tombée en arrêt devant une paire de souliers. Tu as poussé un cri de joie. Un cri qui venait de loin, du plus profond de ta jeunesse, quand tu croyais la vie faite d'insouciance. Les larmes t'étaient montées aux yeux. Je ne sais plus s'il s'agissait de jolis nu-pieds ou de ballerines. Il faudra que je te demande. Ce sera une bonne raison pour t'appeler. Tu étais dans mes pensées quand j'ai accédé à la grande baie vitrée réservée aux visiteurs. Ces chaussures en vitrine à La Rochelle te rappelaient peut-être une petite folie dont tu avais rêvé à Nice. Mais ce n'était pas le moment de craquer pour des modèles dernier cri. De toute façon tu n'avais pas un sou. Le manque d'argent, ça peut maintenir vivant.

Un couple s'est installé près de moi, avec deux enfants. Ç'aurait pu être Sylvie et moi, avec Apolline et Théo. Je ne me suis jamais mis dans la peau d'un chef de famille. J'ai manqué d'exemple, petite maman. Faute de père, tu étais mon père et ma mère. Ma mémoire me roule dans la farine. Une grande traînée blanche. Dans mon souvenir, tu n'étais ni mon père ni ma mère. Je ne sais pas qui tu étais.

Ce qui t'a fait le plus mal, dans ces années, c'est la lettre de Marc. Je ne l'ai jamais lue mais j'en connais chaque flèche. Elle t'a blessée si profondément qu'aujourd'hui encore son souvenir réveille en toi un inépuisable chagrin. Vous étiez à votre manière une famille. Une drôle de famille pas drôle du tout. Ton père parti au diable, ta mère confite de sermons. Vous autres, les enfants, aviez poussé comme vous pouviez. D'abord Paul. À l'époque, on ne disait pas gay. On disait pédé, tapette, pédale. Paul se suicidait comme on éternue. Ça le prenait sans prévenir. Combien de fois, l'année de ton permis de conduire, tu l'as emmené aux urgences de l'hôpital Pellegrin. Lui pissait le sang et à l'arrière, hurlant dans mon siège, je te vrillais les nerfs. Bien plus tard, la cinquantaine venue, il a fini par réussir son coup, tranquillement installé chez lui.

Il savait au chiffre près combien de comprimés blancs, bleus et rouges — un suicide aux couleurs nationales, en gaulliste qu'il était —, il savait combien de ces cachets il lui faudrait pour passer de l'autre côté. Dès ses vingt ans, son existence commençait à peine qu'il multipliait les occasions de l'abréger. Et toi, en gentille petite sœur débordée par ton fils et tes cours de sténo, tu volais à son secours. Tu conduisais le pied sur le champignon de la Dauphine, ta première voiture payée à crédit avec tes premiers salaires, une vraie boîte à savon quand il se mettait à pleuvoir. Tu prenais tous les risques pour sauver ce grand frère qui implorait ton pardon. Ton cœur manquait d'éclater. Je m'égosillais de plus belle pendant que tu accompagnais Paul à travers les dédales des urgences, ses poignets cisaillés, du poison dans l'estomac, déjà délirant. Crois-tu qu'il est né là, ce sentiment d'abandon qui ne m'a jamais quitté? Sur un parking d'hôpital, seul dans une voiture, pendant que tu suppliais ton frère de ne pas mourir?

La lettre de Marc n'épinglait pas seulement cette tapette qui faisait suer le monde. Une page entière était consacrée à ton petit frère Jean-Jean, Jean-Jean-la-joie, comme l'appelait ta mère, car il chantonnait sans arrêt. Les efforts de Mamie avaient payé. Jean-Jean se destinait à la prêtrise. Il avait avalé le Seigneur sans rechigner, de messe en sacrement, de communion en carême, retraite et alléluia. Il était devenu la mascotte du petit séminaire, un espoir du royaume de Dieu. Avec son beau sourire, toujours prêt à rendre service, Jean-Jean illuminait la paroisse de sa ferveur. Jusqu'au jour où, une Chantal passant par là, yeux verts et jupe légère, ses résistances cédèrent d'un coup. Il ravala sa dévotion pour la déposer aux pieds de cette jeune délurée qui lui offrit en guise d'absolution une nombreuse progéniture. Dans son courrier rageur, Marc parlait de curé défroqué qui s'ajoutait à la pédale et à la traînée, un beau trio qu'il clouait au pilori dans une sentence sans appel, dûment timbrée au tarif en vigueur, et pesant son poids d'infamie. Ce faux frère vous avait condamnés. Paul et Jean-Jean traitèrent la missive par le mépris, en garçons peu enclins à recevoir la leçon d'un cavaleur qui laissait derrière lui, partout où il passait, misère et désolation. Mais toi, petite maman, tu pris de plein fouet la méchanceté d'un homme qui était d'abord ton frère. Comment ce même sang qui coulait dans vos veines avait-il pu tourner venin chez cet être que tu avais tant admiré enfant, qui te portait dans ses bras quand ton père n'était déjà plus là pour adoucir tes peines de fillette ? Je le sais, et tu ne sais pas que je le sais. Paul m'avait raconté vos petits enfers domestiques avant son voyage sans retour. Il t'avait confiée à moi. «Tu veilleras bien sur Lina.» Déjà tu m'es tombée des mains. Fils négligent qui n'en finit pas de briser sa mère comme un vase. En mille morceaux, et jamais rien pour la recoller.

J'ai pris un taxi pour rentrer de l'aéroport. À ma grande surprise comme à la sienne, le même chauffeur qu'à l'aller s'est arrêté. «Vous n'êtes pas parti ? — Croyez-moi j'ai fait un grand voyage.» D'une voix triomphante il m'a lancé : «La comédienne, c'était Françoise Dorléac.»

19

Nous étions dimanche. Une semaine s'était écoulée depuis mon arrivée à Nice. Je m'étais installé près du kiosque à journaux des Ponchettes, là où la Prom' se cabre. Les joggeurs attaquaient l'ascension vers la corniche. Les plus courageux prenaient d'assaut la colline du château par l'enfilade de marches qui menait au sommet. Mes efforts n'étaient pas du même ordre. Assis sur un banc, immobile mais la tête en plein vertige, je m'épuisais à un autre exercice : remonter le temps pour extirper enfin une figure maternelle qui aurait ressemblé à Lina. Jusqu'ici j'échouais à l'année de son mariage avec Michel Signorelli. Avant, il n'y avait pas d'avant. Je ne détachais pas Lina de la figure tutélaire de ma grand-mère, maîtresse femme aux manières sèches, d'un abord austère. Une bonne sœur sans soutane, disait Lina. Dans mon rêve avant de partir, elle en portait une, longue et noire, pareille à celles des jésuites de Tivoli. Jadis, ma mère et la sienne ne faisaient qu'une. Parfois même, Lina s'effaçait. Ne restait plus que Mamie.

Je bataillais avec ces visions quand un homme en polo

stoppa sa course à ma hauteur. Je n'avais pas reconnu Novac. De minces filets de sueur coulaient le long de ses tempes. Il vida d'un trait une petite bouteille d'eau.

— Vous devriez essayer.

— L'eau ?

— Non, le footing.

J'ai souri. J'aurais eu tant de choses à lui demander.

— J'ai pensé à vous hier, a-t-il dit encore essoufflé.

— À moi ?

— Oui, en voyant Colin, un garçon de six ans qui est venu avec sa maman. À peine installé dans le fauteuil, il s'est levé d'un coup et a attrapé tout un groupe de Playmobil qu'il s'est mis à serrer très fort contre lui. Des personnages facilement identifiables. Les parents aux cheveux noirs. La fillette aux cheveux jaunes. Le petit garçon aux cheveux bruns. Une mamie et un papy, cheveux gris. L'enfant les a câlinés un long moment. Puis il les a disposés debout devant moi. Le soir du drame, il était avec sa famille sur la Promenade. Quand le 19 tonnes a surgi de la nuit, sa mère a eu ce réflexe miraculeux de plaquer son fils au sol. Tous deux se sont aplatis entre les roues du camion. Ils se sont relevés sains et saufs. Mais le père n'avait pas eu cette chance. J'ai interrogé Colin sur ce qui était arrivé, ce soir-là. Sur ce qu'il revoyait. Il ne savait pas. Ou alors, il ne savait pas s'il pouvait me le dire. Sa réaction m'a éclairé sur le labyrinthe intérieur des enfants. La nuit, les étoiles, la musique, la famille, la joie, le feu d'artifice, un monstre. Relier ces points. Pour lui c'était facile. Sauf le dernier.

— Pourquoi ? ai-je demandé à Novac.

— Parce qu'il est dans cet âge magique où la mort se retourne comme un gant. Le lendemain, après une bonne nuit de sommeil, il allait de soi que son père serait vivant et de retour à la maison. Mais ça ne s'est pas passé ainsi. Alors, d'un geste rapide, il a attrapé le petit camion blanc et a renversé tous les personnages. Il a d'abord fait avancer le véhicule très doucement puis il l'a fait zigzaguer à toute vitesse comme avait fait le tueur, pour faucher le maximum de gens. Colin a poussé un cri et ce fut terminé. J'ai voulu savoir qui étaient ces gens couchés. Il a énuméré : maman, papa, ma sœur, mon grand-père, ma grand-mère, et moi. Ce n'était pas seulement son père qui avait péri. Ils étaient tous morts. Tous, même lui.

Je me suis demandé pourquoi Novac avait pensé à moi. Et qui, dans notre histoire, conduisait le camion blanc.

20

Novac est reparti se doucher. Je suis descendu sur la plage. C'est encore ténu, mais il me semble que des choses remuent en moi. Enfant tu me disais « on a du sang bleu ». Je ne comprenais pas. C'était un étendard, ton cri de ralliement. Je prenais ces mots au pied de la lettre, impossible de m'en dépêtrer. Notre sang était bleu. Je pensais qu'on l'avait échappé belle. À la maison, l'argent c'était comme l'amour, il manquait toujours. Nous habitions sous les toits dans les beaux quartiers de Bordeaux, l'hiver on se gelait, en été on étouffait. Le supplice, c'étaient les repas. Rien dans le porte-monnaie. « Si ça continue, tonnait Mamie, on finira sous les ponts ! » Je voyais l'ombre épaisse sous le pont de pierre. Je tremblais qu'elle ne nous avale. Une fois sa menace retombée, Mamie préparait les restes de la veille, hachis parmentier, raviolis en boîte, légumes de terre, compote de fruits bradés en fin de marché, sur les bancs des Capucins. De temps en temps, quand les pêcheurs du fleuve cassaient les prix pour rentrer à vide, on avait de la lamproie. Il me faisait horreur, ce poisson, avec sa gueule de vampire et sa bouche ventouse. J'avais l'impression d'avaler le diable. On n'en pouvait plus des patates à l'eau. En fin de repas, couteau en main, Mamie rassemblait avec application les miettes tombées sur la toile cirée. Puis, d'un geste furtif, elle plaquait sa paume contre sa bouche avant de gober son butin. Une habitude que je lui ai prise et que Théo essaie souvent d'imiter mais il en laisse tomber la moitié par terre. S'il restait un peu de viande desséchée sur la carcasse d'un poulet, Mamie s'échinait à la dépiauter. Les filaments de chair blanche patiemment récupérés se retrouveraient le lendemain dans le potage. Ce n'était pas la gloire. À table, même serrés, il y avait toujours de la place pour l'angoisse. Elle mangeait comme quatre, l'angoisse. Plus on était maigres et plus elle était grosse. Mamie parlait du bon Dieu. Paul parlait de mourir, ça revenait au même. Chez les Labrie on s'abandonnait au malheur. Moi, je refusais de rentrer dedans. Il donnait des cernes et des insomnies, des brûlures d'estomac, l'amertume des « si on avait su ». On s'écorchait, ça faisait du vague à l'âme. On s'enfonçait des aiguilles dans le cœur pour vérifier qu'on s'aimait, qu'on en crevait de s'aimer. Puis, une fois qu'on avait bien souffert, on retirait les aiguilles, des sanglots dans la voix, mon chéri, ma chérie ! On ne se déchirait jamais si bien qu'en famille. Tu te taisais, petite maman. Tu rongeais ton frein. Elles n'étaient pas dignes de toi, les robes que tu portais, cette vie terne entre des murs si fins qu'on entendait tout à travers, les sanglots étouffés de Paul dans son oreiller, les ronflements et les pets sonores de Mamie, tout ce qui donnait envie de rire et de hurler. On était cloués là dans notre peau de Labrie. Ta colère froide explosait alors dans ce cri, « on a du sang bleu ». J'imaginais des châteaux, des carrosses, ma mère en princesse et ma pomme en petit page. La folie des grandeurs.

C'est plus tard, à La Rochelle, que tu écumas les magasins du centre-ville. À la boutique du Temps perdu, les vendeuses te connaissaient comme le loup blanc, nonobstant ta crinière rousse et tes yeux brillants. Tu flairais les nouveaux arrivages et raflais sans trop compter tout ce qui te plaisait. Les vestes brodées et les jupes-culottes que tu choisissais dans un style intemporel, comme les colliers à grosses perles, les ceintures larges, les poudriers, les fanfreluches à dentelle. Tu cultivais le démodé, le rétro chic, tu te flattais de ne pas être dans le vent. Papa te donnait du « madame la baronne », ça t'agaçait un peu mais tu le laissais dire. Tu rentrais à la maison le coffre de l'auto empli de coussins aux tons vieillots. C'était ta grande époque, ta trentaine épanouie. Faute de baccalauréat, tu avais mis les bouchées doubles pour réussir le concours d'entrée à l'école d'infirmière avant d'enchaîner les trois ans de la scolarité. Ta devise, c'était « ne pas garder les deux pieds dans le même sabot ». Tu invitais à la maison tes condisciples, toutes plus jeunes que toi d'une bonne dizaine d'années, ce qui n'était pas pour nous déplaire. On admirait ta ténacité pour décrocher le même titre que ta mère autrefois. Infirmière diplômée d'État. On était fiers de notre Lina. Papa, ça lui en bouchait un coin, disait-il, de voir sa femme potasser l'anatomie ou l'infectiologie et passer les épreuves « les doigts dans le nez ». La vie était belle. Toi aussi. Tes descentes au Temps perdu y contribuaient, même s'il nous arrivait, nous les enfants, d'avoir un peu honte, idiots que nous étions, quand tu déambulais sous les arcades de La Rochelle en grands falbalas, un panache de parfum qui cocottait suivant ton sillage de lumière.

Tu t'étais aussi entichée, je m'en souviens maintenant, de la boutique danoise qui s'était ouverte à deux pas du Prisunic. On y vendait des plaids épais, des couverts en bois de balsa et mille autres curiosités. L'enseigne, God Dag — tout simplement Bonne Journée —, était tenue par deux femmes blondes qui respiraient la bonne humeur, incarnant ce qu'on pouvait s'imaginer du bien-être danois. Je t'y avais accompagnée un jour où tu cherchais une lampe « sortant de l'ordinaire ». Tu avais trouvé ton bonheur dans un support d'acier brossé d'où pendait une grosse ampoule semblable à une montgolfière. Des affiches encadrées ornaient les murs. L'une d'elles avait arrêté mon regard. Trois fois rien, un fond bleu clair avec ces lettres blanches en capitales : « WE ARE FAMILY ». Je te l'avais montrée plein d'enthousiasme, espérant que tu voudrais l'acheter, mais tu avais détourné la tête. C'était un mois de janvier, ton anniversaire approchait. Tu étais irritable. J'aurais aimé t'offrir cette affiche. Mon instinct m'avait poussé à m'abstenir. J'avais eu raison mais sans comprendre pourquoi. Au fil des ans tu renonças à souffler tes bougies. Tu estimais qu'après trente-cinq ans ça devenait ridicule. Maintenant je sais. Le 19 janvier de ta naissance était trop près du 10 janvier de ta blessure. La blessure à vif du 10 janvier 1963. Jamais l'infirmière que tu étais devenue ne trouverait le bon pansement pour la refermer.

Des voiliers quittent la rade vers le grand large. Le vent fait tinter les drisses contre les mâts. On dirait une chanson. Un mystère s'éclaire. C'était pourtant simple. Il suffisait d'ouvrir les yeux, les yeux de Nice fardés de bleu, et de regarder. Un jour, Mamie m'a expliqué. Par sa propre mère, nous étions issus d'une vieille noblesse de Bourges qui remontait aux croisades, les de La Goudalie d'Husson de Saint-Souplet. Comme elle étalait ce nom à rallonge, je n'avais pu m'empêcher d'ajouter « à tes souhaits ! », mais ma grand-mère ne plaisantait pas avec son arbre généalogique, ni avec les croisades que je prenais pour des croisières. On trouvait dans sa lignée des généraux et des évêques, un médecin de Napoléon III et même quelques aristos anglais, les Rees Lewis. Cette brochette d'aïeux à particules et cuillers dorées m'avait laissé froid. J'avais seulement dressé une oreille en apprenant que nous avions possédé jadis des châteaux, des fermes et des métairies. Tout était parti en fumée quand les hommes avaient décidé de mourir, à la guerre, d'ennui ou de maladie. Les femmes de la famille n'auraient travaillé pour rien au monde. Si bien qu'à dix-neuf ans Mamie s'était retrouvée pionne dans un collège d'Angoulême. Devenue mère de famille, faute de transmettre des pierres et des terres, elle inocula des rêves à sa progéniture. Un rêve. Le jour viendrait où ses enfants relèveraient le nom des De La Goudalie d'Husson et de plein d'autres choses. Ils remettraient la main sur le château Gaillard — un joyau roman avec ses tours replètes et ses chemins de ronde. Ils redeviendraient de grands propriétaires terriens à la tête de centaines d'hectares. Certains soirs, en veine de chaleur, un petit verre de Marie Brizard aidant, Mamie nous ramenait à la cour du roi de France. Nous étions des nobles de robe ou d'épée parce que, nom de nom, notre sang était bleu. Comme l'avait écrit Marc, la reconquête fut compromise par une pédale, une fille mère et un curé défroqué.

Le mystère élucidé clapote sous mes yeux. Notre sang bleu, je m'y plonge sans me lasser. Il ne se retire jamais. La Méditerranée est en moi. Elle coulait dans mes veines à mon insu. Elle m'a traversé bien avant que je la traverse. C'était sur un bateau de ligne, l'année de mes vingt ans, direction Malte et Palerme, puis la Tunisie paternelle, l'oasis de Gabès, la chair des dattes fraîches cueillies à même les branches ployées des palmiers. Elle est là qui palpite sous le soleil d'hiver. Par deux fois, petite maman, ton sang bleu a parlé. Moshé de Fès et Michel de Tunis ont changé tes rêves en faux décors des *Mille et une nuits*. J'oublie les origines de ta petite. Plutôt, je ne les oublie pas. Bleu outre-mer. Nous étions une famille qui s'ignorait. Tu avais le cœur large et le bassin méditerranéen.

21

Ce matin j'ai repris ma quête. Je me suis arrêté devant une boutique de jouets des Ponchettes. Elle jouxte un magasin pour nouveau-nés, avec des vêtements boule-versants de petitesse, et des poussettes Maclaren de compétition pour traverser la Prom' à la vitesse du vent. Je t'imagine devant une vitrine de layettes il y a un demi-siècle, la même peut-être, avec des réclames d'époque. Pour votre bébé Cadum, choisissez les tissus en peau d'ange. Une vendeuse t'a demandé ce que tu cherchais. Tu as sûrement rougi. Elle t'a montré des langes, une brassière, des chaussons légers comme des plumes avec des rubans en guise de lacets. «Quelle couleur?» Sûre de toi tu as répondu : «Ce sera un garçon. Alors, bleu.» C'était simple, pour une fois. Tu n'as eu aucun doute. «Si c'est une fille, vous pourrez changer», a précisé la vendeuse. Une fille, quelle idée. Tu n'as pas saisi aussitôt ce qu'elle t'a dit. «Changer de bébé? Mais pourquoi?» Le marchand de jouets, à côté, existait-il lui aussi? Ou est-ce ailleurs que tu m'as acheté la petite girafe en caoutchouc? Avec ses taches de rousseur, elle te ressemblait. Ton visage en était recouvert le jour où le photographe t'a attrapée dans son viseur, peu après ma naissance. Les mêmes taches revenaient même au plus froid de l'hiver quand tu fonçais conduire ton frère à l'hôpital. Sont-elles ressorties le 10 janvier 1963, pour accueillir la petite fille que tu n'as jamais eue ?

En ce moment je ne vois que des femmes enceintes déambuler dans les rues du Vieux-Nice ou le long de la Promenade. J'imagine. Tu as palpé ton ventre après les premiers retards. Ton cœur s'est emballé. Tu t'es sentie toute chose, avec cette existence minuscule qui prenait sa place au plus profond de toi. Ça commence comme ça, un enfant. Du sang qui ne vient pas. Détourné par un petit locataire qui en fait son miel. As-tu été joyeuse, quand tu as su ? As-tu pensé prévenir la terre entière, les étudiants boutonneux du Régent, place Gambetta, ceux qui te toisent comme si tu avais de la paille dans tes souliers, histoire de les rendre jaloux ? As-tu au moins éprouvé quelques secondes d'insouciance avant que ne t'écrase le poids de la faute ? Ou as-tu pris peur ? Une peur bleue. Dans une famille, un enfant, c'est le bonheur qui frappe à la porte. On lui ouvre, on lui dit « entre, fais comme chez toi, la route a été longue ». Le bonheur s'installe, prend ses aises, prend son temps. Il ne fait pas que passer. Il est chez lui chez nous. Il agrandit la maison en même temps qu'il la rétrécit, il faut lui trouver une place et vite. Un petit, c'est très grand. Ça mange tout l'espace, ce bonheur-là. Des mètres carrés de risettes et de pleurs, de joues rouges, de gencives irritées, de compresses en coton, d'enjambées incessantes entre quatre murs. On colle des papiers neufs remplis de jolis motifs. On fait le plein d'objets tout en couleurs pour l'éveil, et de bonne taille pour qu'il ne s'étouffe pas. Gare à ce qui coupe, gratte, irrite, gare aux angles vifs des tables, aux regards tranchants. Autour il faut tout arrondir, tout adoucir. Surtout rien de pointu. La maison entière doit devenir une peau de bébé, même les voix des grandes personnes car bien sûr il faut lui parler, à cet enfant. Il ne vient pas du silence. Il vient de l'amour, des mots prononcés tout doux par Moshé, de tes mots à toi Lina. Il a l'ouïe fine, dans sa piscine maternelle. Rien ne lui échappe. C'est une éponge, ce début d'enfant.

Tu as scruté le visage de Mamie. Pas facile de faire fondre une mère changée en pierre. Tu as la tête remplie de contes de fées avec une gentille sorcière qui t'offre d'exaucer trois vœux. Un seul suffirait : que ta mère accepte Moshé le juif, Moshé le *fassi* du Maroc. Tu insistes un peu, cette vie que tu sens poindre te donne de l'audace. « Maman, tu vas devenir grand-mère, il va tellement t'aimer ce petit ! » Les yeux de ta mère comme un encrier renversé, leurs pupilles noires. Un enfant c'est un cadeau du ciel, oui. À condition de ne pas violer les règles. Toi, tu n'as rien respecté.

On ne tuera pas le petit, on tuera la joie.

Il est si dur, ce regard de Mamie. Jamais tu n'as vu de gynécologue, avant. Moshé ça ne compte pas. Il n'est pas encore diplômé. Et puis il est étranger. Juif, on finira par le savoir. Il compte pour du beurre. Au premier retard ta mère t'a traînée chez un praticien digne de ce nom. L'examen a été rapide. « Oui mademoiselle, vous êtes

enceinte. Deux petits mois. Vous pouvez vous rhabiller. »
Tu ne comprends pas. Comment tombe-t-on enceinte ?
Tu n'en as pas la moindre idée. Personne ne t'a rien dit.
Mais d'où viens-tu ? De ta campagne, une petite paysanne
de rien du tout dont on se moque gentiment quand elle
assène qu'un jour elle aussi sera médecin. Cardiologue.
Au certificat d'études, tu as récité par cœur la grande et la
petite circulation. Moshé, tu lui as fait confiance. Il a six
ans de plus que toi, il sera bientôt médecin. À son âge, il
le sait forcément, lui, comment on fait un enfant. Ta
mère aussi. La femme au visage sévère, que j'appellerai
un jour Mamie chérie, serre les dents. À peine sorties du
cabinet médical, ta mère passe en revue les issues de
secours. Pas question d'avorter. Une chrétienne accepte
les épreuves envoyées par le Seigneur. L'enfant d'un
inconnu qu'on ne veut pas connaître. C'est décidé, inutile
de discuter. On placera ce petit bout de chair comme on
donne un chat. Tu accuses le coup. Tu le veux, toi, ce
bébé roulé en boule, ce trois fois rien qui déclenche un
tremblement de terre. Tu cries et tu ravales ton cri. Tu
n'existes pas. Tu n'es rien. Même ce rien est déjà trop.
Tu es moins que rien. Moi pareil. Nié avant d'être né.

22

La nuit va tomber. Je déambule encore sur la Prom'. J'épuise la ville de mes allées-venues. Tu vas surgir au milieu d'une bande de fêtards qui t'a entraînée depuis le Negresco. J'entends des trompettes et des violons, un jeune aux cheveux longs chante *Nissa la bella*. Tu ne pourrais pas être là. Dans ces heures suspendues, tu ne parles à personne, et personne ne te parle. Des journées entières, tu ne prononces pas un mot. Ce silence, c'est ta punition. Tu aimerais te confier à quelqu'un. Tu voudrais qu'on te rassure à propos de ces tiraillements dans les reins. Combien mesure ton bébé, combien pèse-t-il ? Est-il installé comme il faut ? Les coups de pied, c'est qu'il est en colère ? Tu gardes tes angoisses pour toi, tu n'as personne à déranger. Tu es si petite, et bien sûr je ne suis pas là. Jamais là quand tu as besoin de moi.

Il m'a fallu le temps. À travers le halo des années, je devine ta solitude et tes doutes de femme-enfant quand livrée au verdict des soutanes, après des semaines isolée à Ascros, après ces jours et ces nuits sans épaule amie, sans Jacqueline pour te rassurer, toi plus petite que ton gros garçon, tu as fini dans le soleil insolent de Nice, dans l'égoïsme du monde, tentant de dissimuler ce qui ne pouvait plus l'être. Tu frémis encore aux ordres maternels, ne rien montrer, ne pas t'exhiber bedaine en avant comme ces femmes fières d'attendre un enfant. Pas de quoi être fière. Jouir ne t'a pas suffi ? Ne rien dire, « la fermer », t'a lancé Paul. Tu es coupable, n'oublie pas. Je t'imagine cours Saleya, fuyant les regards, sourde aux compliments des fleuristes, pressant le pas sans raison quand une voix bourrée d'accent te demande : « Il est pour bientôt ce pitchoun ? » Tu t'abstiens de répondre. Tu es déjà loin. Rentrer ton ventre. Ils en ont de bonnes, ta mère et son essaim de corbeaux. En attendant elle prie pour toi, un peu pour ce petit dont on ne donne pas bien cher. Encore un qui part mal dans l'existence, il ne sera pas le premier, prions. Au début, tu as sacrifié aux gaines et aux bandages qui comprimaient ton estomac. Tu ne pouvais rien avaler, rien digérer. Mais une fois à Ascros, chez les braves gens d'Ascros pour qui tout s'arrangerait quand ta mère verrait le beau bébé rempli du bon air de la montagne, tu as laissé parler la nature. Par moments, tu voulais croire à cette histoire que te racontaient le vieux berger et sa femme. Des enfants, ils en ont eu six. Chaque fois c'était la même joie. Tu as jeté tout ce qui t'oppresse et te comprime. Dans la glace de l'armoire, tu t'es vue ronde, la poitrine généreuse, le nombril conquérant. Tu n'as jamais été aussi belle. Tu étales délicatement une crème grasse sur ta peau tendue de tambour. Tu parles à mi-voix, convaincue de ne pas parler toute seule. Le soir tu t'endors en pleurant, tes larmes se mélangent, larmes pour ta mère, pour qu'elle te pardonne, larmes pour ton petit, pour qu'il t'aime. Partage des eaux. Sangs bleus.

Les livres sont tes seules friandises, quand tu as les sous. Chez un bouquiniste du marché aux fleurs, tu as acheté *L'étranger*. Une édition de poche usagée, avec sur la page de garde le nom d'une jeune fille écrit au feutre noir, Catherine Duchêne, troisième 2, collège Stanislas. Tu te souviens du choc en t'asseyant dans le bus. Tu sais que ça se passe là-bas, de l'autre côté de la Méditerranée. Dans cette Afrique du Nord qui retient Moshé. L'Algérie ou le Maroc, quelle différence ? Tu ne connais ni l'un ni l'autre. Tu as ouvert le livre avec précaution, l'as refermé brusquement avec des picotements au front. Ton cœur s'est mis à cogner. Tu n'en reviens pas qu'on puisse écrire *ça*. Tu regardes autour de toi comme si tu avais commis une mauvaise action et que tout le monde allait s'en apercevoir. Qu'on allait te dénoncer. La petite phrase du livre t'a saisie, la première, presque anodine, un coup de tonnerre dans le ciel immaculé de Nice. « Aujourd'hui, maman est morte. Ou peut-être hier, je ne sais pas. » Une religieuse te fait face. « Vous vous sentez bien, mademoiselle ? »

Tu ne réponds pas.

Tu relis la phrase.

Un bien-être inattendu te submerge.

C'est ça, la vérité.

Tu espères le moment où tu pourras prononcer les mêmes mots, les mêmes, et t'en ficher pas mal. Aujourd'hui maman est morte.

À l'adolescence, tu m'as fait la guerre pour que je lise. Une guerre sans espoir. J'étais trop enclin à fuir ce que tu aimais. Parfois, prise d'un accès de confiance, tu insistais. Tu voulais que je pioche des livres dans le meuble vitré du salon. Encouragé par sa minceur, j'avais jeté mon dévolu sur *Rue du Havre* de Paul Guimard. J'évitais les romans imposants d'Henri Troyat, *Tant que la terre durera*, *Les semailles et les moissons*, les sagas campagnardes qui te rappelaient ton enfance, ou encore *Des grives aux loups* de Claude Michelet que tu avais dévoré, il racontait la Corrèze de tes ancêtres. Un gros ouvrage dépassait, un rapport sur la condition des femmes, signé Pearl Buck, j'avais imaginé l'auteur avec un visage de perle. Tu te résignais devant ma mauvaise volonté. Un jour pourtant, tu m'avais presque supplié. « Lis ça, mon chéri. C'est extraordinaire. » Tu avais découpé ce mot en morceaux, ex-tra-or-di-naire ! Le roman portait un titre étrange, *Le buveur de Garonne*. Tu t'étais identifiée à Lison, l'héroïne de quinze ans qui brûlait de s'arracher aux siens. L'auteur s'appelait Michèle Perrein. Tu m'avais tendu le livre. Ta main tremblait d'une excitation inhabituelle. Je ressens encore l'intensité de ton regard, à l'instant de me faire cet aveu : « J'aurais voulu être écrivain. » J'avais pris un air niais, ou peut-être goguenard. J'ignore si tu as gardé *Le buveur de Garonne* après tous tes déménagements. J'aimerais bien le lire, maintenant. J'y pense quand il m'arrive de franchir le pont de pierre à Bordeaux. Le fleuve tremble comme ce jour-là ta main.

23

C'est venu par surprise au marché du matin. Un haut-le-cœur pendant qu'une commerçante du cours Saleya m'offrait une mandarine en plus des citrons que j'avais achetés pour mes jus, tièdes avec une cuiller de miel. « Prenez donc nos citrons de Nice, avait insisté la dame en tablier. Même s'ils viennent de Menton... Ils sont tellement onctueux. » Je me suis laissé convaincre, ce n'était pas difficile. Puis j'ai épluché la mandarine. Les années m'ont sauté à la figure, tout ce temps passé sans te parler, en t'évitant, en esquivant le dialogue, avec des mots vides et désamorcés, des politesses en guise de tendresse. Les quartiers de mandarine étaient acides. C'est une fois croqués que le goût sucré a empli ma bouche. Et puis tout d'un coup je me suis mis à pleurer pour rien. Ce rien, c'était notre vie disparue sans que je te serre contre moi, petite maman, sans ces gestes que tu avais tant attendus puis qu'à la longue tu avais cessé d'espérer, comme on ferme la lumière dans une pièce déserte où nul ne viendra plus.

Je suis né avec un chagrin d'enfant.

Un gros sanglot coincé au fond de la gorge.

« Pourquoi tu pleures ? »

C'est la question que j'ai le plus entendue.

« Pourquoi tu pleures ? »

« Parce que. »

« Parce que quoi ? »

« Parce que. »

Je ne savais pas. Je ne sais toujours pas.

J'ai oublié.

Un chagrin muet, sans histoire et sans visage.

Un chagrin qui ne prévient pas.

Il a fait son lit à l'intérieur de moi, a troublé tant de mes nuits.

Pas à cause du bruit mais du silence qu'il a creusé dans les galeries de mon être.

Parfois pourtant, j'entends un cri.

Ce cri a plus de cinquante ans.

Il traverse ma vie comme la balle d'un silencieux.

Je suis le seul à l'entendre.

Mes yeux picotent. La batterie de mon téléphone est bien chargée. Cinq petites barres de réseau. Je ne vais tout de même pas t'appeler pour pleurnicher.

24

Il y a foule ce soir à La Merenda. Le patron m'a fait signe de patienter. Ce ne sera pas long. Au comptoir, il m'a servi d'autorité un verre de Bellet, « le seul vin récolté sur la commune de Nice, dit-il. Rien que des cépages locaux. Humez la prune, l'abricot, les roses fanées ». Quelques gorgées m'ont mis au diapason de la gaieté qui baigne la salle. De nos souvenirs heureux. Je ne touchais plus terre quand tu as épousé Michel. Sont apparues ses sœurs, des beautés du Sud aux cheveux qui bougeaient comme des vagues, avec leurs parfums lourds et leur pointe d'accent. Trois tantes éblouissantes. Et deux oncles jamais en reste pour évoquer leur Tunisie entre deux cuillers de couscous qui gonflaient leurs joues. Les grands-parents Signorelli couvaient des yeux leur portée d'enfants basanés devenus adultes sous le ciel mitigé de France. Dans un coin de leur regard, si j'avais su mieux voir, j'aurais décelé les feux de la mélancolie, surtout lorsque Nine, Zoune ou Nicole ressuscitaient le bonheur laissé sur une plage de Sousse, dans une oasis de Tozeur ou de Gafsa la fauve, un bijou à l'étal d'une marchande, une motte de henné, des effluves de jasmin. Avec Lina on n'en revenait pas, au début, de ces repas de famille sans dispute, sans tristesse autre que celle de devoir se quitter, mais on avait le temps, on allait servir le thé à la menthe truffé de pignons, les dattes « doigt de lumière », si translucides qu'on voyait à travers. Une image survit de cette époque. Mon père coupe le pain avec ses mains. Pas de couteau, pas de lame bosselée. Seulement la force de ses mains, leur chaleur qui rend le pain fraternel. Quand mes parents ont fini par se séparer, le charme s'est rompu. J'étais adulte mais face aux déchirements des siens on reste toujours un enfant. Je n'ai plus retrouvé nulle part ces tablées où un seul cœur battait à l'unisson dans nos poitrines. Où le pain souriait.

J'ai vue sur toute la salle. Le vin fait son effet. Comme j'ai choisi le poisson, le patron m'a recommandé le petit frère du rouge niçois, un Bellet blanc « garanti agrumes et bergamote ». Comme il remplissait mon verre, il m'a donné son conseil du moment : « N'allez pas raconter votre vie ce soir, le dicton fait loi : là où Bellet entre, le secret sort… » Je flottais dans ces douces vapeurs quand un couple s'est levé de table. Lui, je le connais. C'est l'Asiatique à queue-de-cheval qui lance son boomerang sur la plage du Westminster. Le patron a quitté un instant ses poêles pour le saluer. Il est en compagnie d'une femme au port distingué, la chevelure grise montée en chignon. Ses yeux clairs illuminent son visage hâlé. Est-ce une amie ? Une parente ? Elle semble trop âgée pour être l'épouse du lanceur. Il marche vers la sortie sans se retourner. J'aimerais lui faire un signe, l'interroger sur sa passion. La femme le suit. Mais avant de sortir, elle s'est mise à me fixer. Avec tant d'insistance que j'ai ressenti une gêne. J'ai cru que ses lèvres allaient remuer, mais non. Elle a continué de me regarder en silence. Elle a pris tout son temps. Elle me connaît. Pire, elle me reconnaît. Quand elle a eu disparu, j'ai demandé au patron qui étaient ces gens. « Betty Legrand, l'ancienne chorégraphe de l'Opéra. Lui c'est Sinh, son fils. Ils tiennent une brocante dans une impasse, au bout du cours Saleya. Vous devriez aller voir, leur bric-à-brac est un vrai palais des curiosités. »

25

Ce matin je suis descendu plus tard que d'habitude.
Une mauvaise nuit. J'ai fini par m'endormir quand le
jour se levait. Le Bellet m'est resté sur l'estomac. À
moins que ce ne soit le regard de cette femme. La sensation d'avoir été fouillé. On débarrassait le buffet du petit
déjeuner. Comme je me dirigeais vers la machine à café,
j'ai été surpris d'y trouver Novac. «Je vous attendais.» Il
m'a souri d'un sourire qui m'a inquiété. Puis il m'a
entraîné à sa table où attendait son carton de Playmobil.
«J'ai pensé à vos questions sur la mémoire infantile, sur
ce qu'on oublie ou pas, sur vos sentiments altérés envers
votre mère. — Oui... — J'aimerais vous aider. Je ne suis
pas sûr de réussir mais on pourrait essayer. Vous êtes
d'accord? — Oui...» Je ne savais plus dire autre chose
que oui. «Regardez ces personnages, a dit Novac. Choisissez un enfant, le plus jeune possible.» Soudain ce
n'était plus mon aimable compagnon du matin, mais un
praticien dans son cabinet. J'ai plongé ma main dans la
boîte. J'en ai retiré ce qui ressemblait à un garçonnet.
«Bien, m'a-t-il encouragé, regardez-le et imaginez que

c'est vous. » Il m'observait toujours, avec une intensité qui me troublait autant que son sourire. Je me suis senti devenir ce gamin, une frange découpée en zigzag sur le front. J'ai éprouvé un drôle de vertige. À cet instant, j'ai réalisé que j'avais oublié mon visage d'enfant. Mes traits d'autrefois s'étaient évaporés. « Maintenant, composez votre famille, a dit Novac avec autorité. — Ma famille ? » J'ai replongé ma main, de façon hésitante cette fois. J'ai pris une grand-mère, une jeune femme, deux hommes. Les yeux de Novac suivaient mes gestes indécis. Son air pénétré révélait sa grande concentration. Quand j'ai eu fini ma sélection, il a voulu que je dispose les personnages autour de la figurine censée me représenter. « Les disposer comment ? — Comme vous le sentez. » J'ai choisi l'ordre qui me semblait le plus logique. Il a froncé les sourcils. « Vous êtes sûr ? » On aurait dit un prof de maths dubitatif devant l'exercice qu'un élève accomplit au tableau. « Dites-moi qui est qui », a-t-il ensuite demandé. J'ai énuméré, ma grand-mère, Lina, Michel, Moshé. « C'est bien ce que je pensais. » Il m'a dévisagé. J'osais à peine l'interroger sur ce qu'il avait vu. J'avais installé ma grand-mère près de moi. Et le personnage de la jeune femme figurant Lina, je n'avais pas dit « ma mère », nettement plus loin, à l'écart du petit couple que je formais avec Mamie. Michel se tenait entre Mamie et Lina. Seul Moshé sortait nettement du cercle proche. « Votre grand-mère a pris toute la place, a commenté Novac au bout d'un long silence. Vos sentiments premiers ne sont pas allés vers votre mère. C'est vous qui savez pourquoi. » Il a rassemblé sa petite tribu de Playmobil et m'a laissé seul avec moi.

Avant de venir à Nice, quand il s'agissait de Lina, j'étais incapable d'ordonner les événements. Je croulais sous une foule de détails, je les interprétais de travers, et c'est ainsi que j'étais passé à côté de notre vie. Je me suis levé pour me resservir un café. Deux pères et une grand-mère, une jeune femme flottante, un enfant perdu. Une drôle de famille. J'aurais dû rajouter Paul, à l'époque il tenait le rôle de la voix grave, la seule ligne de basse. La mémoire m'est revenue. Une mémoire à pleurer. On était deux enfants, petite Lina. Toi à peine plus grande que moi. Tu n'étais pas ma mère. Il n'y avait pas de maman qui tienne. Mamie régnait sans partage, décidait de tout. Vos prises de bec finissaient en cris. Je me bouchais les oreilles. Tu t'enfermais dans ta chambre qui était notre chambre. Je frappais doucement, laisse-moi entrer. Je te consolais. « Laisse ta sœur tranquille », lançait Mamie les dents serrées. Ma sœur.

Je me souviens. Tu étais ma sœur, ma grande sœur. Tu t'arrangeais pour que je le croie. Avais-tu le choix ? Peut-être aussi que ça t'arrangeait. J'étais préposé aux essayages. Je donnais mon avis sur une jupe ou un chemisier. Les petits frères, c'est fait pour ça. Tu te déshabillais sans me dire « retourne-toi ». Si tu pleurais, je te consolais. J'étais ton complice et ton confident, petit prince et serviette-éponge. Je revois ce soir en particulier où tu te préparais pour sortir. Tu étais en retard. Tu poussais de petits cris.

130

Un soupirant allait sonner d'une minute à l'autre. Tu courais partout. Rien ne te plaisait. Tu ne prenais pas la peine de te couvrir. Tu faisais comme si je n'étais pas là, passais et repassais nue devant ton petit garçon. J'avais l'habitude de ta peau laiteuse, de tes taches de son, de ta beauté sauvage qui faisait baisser les yeux des hommes. Pas les miens. Si tu étais ma sœur, qui devais-je aimer pour aimer ma mère? Un barrage d'incompréhension se dressait devant moi. Le cours normal de mes sentiments avait été dévié comme on détourne un fleuve. Une mère, on l'aime sans réserve. Une sœur, on peut la détester.

26

Je suis resté dans le jardin d'hiver. La patronne a orienté la conversation sur le beau temps qui déclenchait la floraison prématurée des mimosas. Ce phénomène nous a occupés un moment. J'ai dit que j'avais pu l'observer l'autre jour en montant vers Ascros. En fin de journée, n'y tenant plus, j'ai pris la direction de la brocante que m'avait indiquée le patron de La Merenda. J'approchais de la Prom' quand les lampadaires se sont allumés, embrasant le début de la nuit d'un arc orange. Derrière le mont Boron, un dernier soleil renvoyait en ombre chinoise le profil sombre des montagnes. Le lanceur de boomerang n'envoyait plus son engin sur la plage. J'ai pensé que j'aurais peut-être une chance de le trouver dans son magasin. J'ai traversé le cours Saleya, désert à cette heure-ci, et je me suis avancé dans l'impasse que dominait d'un bloc la colline du château. L'endroit était obscur. Deux baies vitrées offraient un spectacle insolite de vieilles malles et de lampadaires Grand Siècle qui côtoyaient des hélices d'acier et d'anciens uniformes de l'armée soviétique. Mon lanceur était là, ses cheveux noirs luisants rejetés en arrière et tenus par un élastique épais. Il faisait des essais d'éclairage avec une lampe de cinéma monumentale dont l'œil énorme projetait un rayon éblouissant. «Une rescapée des studios de la Victorine», a lancé l'homme en me saluant de la tête. Sa tâche terminée, il a disparu. Je me suis retrouvé au milieu de voitures d'enfant à pédale, de chevaux de manège et d'une foultitude de sculptures. La radio diffusait de la musique classique. D'un socle en pierre surgissait une branche étrange à forme humaine. D'instinct, je me suis reculé. Des coquillages figuraient les mains, les pieds, les reliefs du visage. Deux galets marquaient les rotules, deux os de seiche les coudes. Plusieurs modèles de vis à tête de cuivre tenaient lieu d'oreilles, de nez, de bouche. Deux boutons de chemise troués donnaient un regard saisissant. «Il vous plaît?» fit une voix de femme. Je ne l'avais pas vue arriver. En me retournant, je me suis trouvé face à la dame intimidante de La Merenda. Elle se tenait toujours aussi droite. Un éclat de froideur dans son œil bleu pâle lui donnait l'allure d'un félin. C'était une reine en son palais régnant au milieu des lustres à pampilles de cristal, habituée à évoluer dans le halo des lampes poursuite. Pendant que j'essayais de répondre à sa question sans qu'elle ait paru attendre ma réponse, elle s'est mise à baisser les stores de la salle. «Je dois fermer. Je suis attendue à Villefranche. Vous connaissez Villefranche? Non, suis-je bête. Vous ne savez rien d'ici, je me trompe? Si encore vous étiez venu voir votre mère.» Ces mots m'ont fait l'effet d'une décharge électrique. Avant même que je réagisse, elle s'était confondue en excuses. «Pardonnez-moi, je n'aurais pas dû dire ça. — Vous connaissez ma mère ?» ai-je réussi à demander, pendant qu'elle actionnait cette fois la grille métallique protégeant ses vitrines. Je l'ai suivie au bout de la salle. Là, je suis tombé sur quantité de petits objets vernis, assemblages de pierres, de perles, de fils d'or, de métal et de bois. Ils représentaient des personnages, des animaux imaginaires. Signés Lina.

«Je suis désolée, monsieur Signorelli. Je savais que vous viendriez. Les chiens ne font pas des chats. Je dois vraiment m'absenter. Promettez-moi de revenir...» Elle m'a tendu sa carte. «Appelez-moi demain sans faute, je compte sur vous.» D'où connaissait-elle ma mère ? Forcément de ces dernières années, quand Lina était infirmière. C'est à cette époque qu'elle avait conçu ces étranges créatures. «Vous m'appelez...», a insisté la femme aux cheveux gris. J'ai promis. J'ai emprunté le cours Saleya à contre-courant, comme si j'avais remonté le temps. Cette fois c'était plus fort que moi, petite maman. J'aurais voulu te dire que j'avais vu tes œuvres chez Betty Legrand. Je suis tombé sur ton répondeur. Je n'ai pas laissé de message. Je me suis senti soulagé de t'avoir appelé, et plus soulagé encore que tu n'aies pas décroché. Le téléphone est ce que nous avons trouvé de mieux pour ne pas nous parler.

27

Ce soir je n'ai pas faim.

Je suis monté directement dans ma chambre en revenant de la brocante.

Je n'ai rien allumé. Je me suis installé dans le canapé, face à la télévision éteinte.

Je n'ai pas attendu le retour de Novac.

Je guette un souvenir. Je le sens qui vient, il sera là bientôt.

C'est le cri. Ce cri, tu ne l'as pas poussé.

Il approche.

J'ai eu raison de laisser la pièce dans la pénombre. La lumière l'aurait fait fuir, une fois de plus. J'ai besoin de l'obscurité pour le sentir.

Il faisait sombre, ce jour-là.

Ce cri, c'est le cri d'après la phrase.

Une phrase qui a fait de moi un assassin.

Elle est mon camion fou sur la Prom'.

Je suis au volant d'un camion blanc et je t'écrase consciencieusement.

J'ai treize ans. Je travaille dans ma chambre. L'air sent la mer. Nous sommes heureux à Nieul. Tu m'as acheté un scriban couleur acajou. Je laisse toujours le battant ouvert pour travailler. Ou pour rêver. J'écris ce qui me passe par la tête. Sur une feuille volante, j'ai tracé quelques mots à la plume. Une petite phrase nette et tranchante. Tout y est accordé. Zéro faute. Je me suis appliqué. Dans ma chambre obscure, incrédule, fasciné par mon audace, effrayé aussi, je relis la phrase à mi-voix. Mes lèvres remuent : « Je suis le fils d'une pute qu'un salaud de juif a tringlée avant de se tirer. » La déflagration est immense, même en murmurant. Ce n'est pas un stylo que je tiens dans ma main, c'est la foudre. Je suis ébloui par mon audace, par la cruauté des mots, par leur crudité. « Pute », « salaud », « juif », « tringlée ». Je n'en crois pas mes yeux. La phrase est là qui palpite, grossière, injuste, révoltante. J'ai pu écrire ça, moi l'enfant doux aux traits fins à qui le boucher du village dit « mademoiselle » ?

Bien sûr, je vais tout déchirer. Une feuille volante, c'est fait pour s'envoler. C'est l'histoire d'une seconde, d'un souffle. Je veux éprouver encore la puissance de ce poison. Je relis une dernière fois, la tête penchée par-dessus, le poids de mon corps sur le battant du scriban, sur le battant de mon cœur en cavale. Ma mère ne monte jamais dans ma chambre quand j'y suis. Mais ce soir elle est là dans mon dos, souriante, attendrie par son garçon qui travaille. Je ne l'ai pas sentie arriver. « Tu n'y vois rien, je vais allumer », dit-elle de sa voix douce. Elle presse l'olive de ma lampe. Curieuse, elle s'est penchée à son tour sur la ligne parfaitement écrite à l'encre bleue, sans une faute d'orthographe, ça mérite bien 10 sur 10. Pense-t-elle que j'ai fait des progrès avec mon stylo plume ? Ses yeux se sont mis à briller. Ses taches de rousseur criblent ses joues.

J'ai fait exploser ma mère.

Il n'y a pas eu de mot, pas eu de cri. Il y a eu pire. Un grand silence s'est installé comme après Hiroshima. L'air s'est mis à vibrer, le monde chancelle. Lina est un nuage, de la vapeur d'eau. Elle a quitté ma chambre, s'est enfermée dans la sienne. On n'en a jamais parlé. Même pas du regard. La méchante petite phrase a tracé sa route, a décidé du reste de ma vie. Tant d'années pour déminer chaque mot, vérifier que la pute n'était pas une pute, ni le salaud un salaud. Juste une jeune fille livrée au gang des soutanes. Lui un étranger soumis à l'emprise des siens. Les secrets trop bien gardés sont comme des cartouches dans un stylo d'enfant. Quand ils éclatent, une encre sombre s'écoule et ça ressemble à du sang.

28

Le jour se levait à peine. Betty Legrand m'attendait, assise sur un vieux fauteuil en osier. Elle m'a fait signe de la rejoindre. Je me suis installé face à elle. Le carton indiquant la fermeture du magasin était bien visible pour éloigner les visiteurs. J'avais envoyé un message très tard à l'ancienne danseuse. Elle m'avait répondu aussitôt : «Soyez là à huit heures, avant l'ouverture de la boutique.» J'y étais. Je me sentais oppressé. Depuis mon arrivée à Nice, elle était mon premier témoin de l'existence de Lina. Jusqu'ici, ma mère était restée un être irréel et diaphane. La musique d'un concerto tombait comme une pluie fine depuis trois minuscules enceintes encastrées dans le mur. Betty Legrand m'a longuement dévisagé. Elle allait engager la conversation quand une silhouette s'est approchée. Le lanceur de boomerang. Il avait un visage imberbe, une chevelure noire malgré son âge qui devait approcher du mien, sans que je puisse dire à coup sûr s'il était ou non mon aîné. Il m'a paru que le temps passait moins vite sur lui. «Moi je suis Sinh, enchanté de vous connaître, je vous ai vu hier mais je ne voulais pas… » Il m'a tendu la main en souriant puis, comme l'autre soir, s'est éclipsé d'un pas léger. L'allure d'un chat. Betty Legrand avait gardé sa phrase en suspens.

— Je vous ai reconnu tout de suite.

— C'est ma mère qui vous a parlé de moi ?

— Je vous aurais repéré au milieu d'un régiment !

— Elle était une de vos clientes quand elle est venue vivre à Nice ?

— Une cliente, Lina ? Non ! Nous nous sommes beaucoup revues à cette époque. Elle n'avait pas changé.

— Vous vous connaissiez avant ?

Betty Legrand m'a fixé intensément. Le même regard qu'à La Merenda.

— Depuis le début. Vous comprenez ? Non, vous ne comprenez pas.

Elle semblait chercher la meilleure façon de me parler.

— Nous partagions la même chambre à la maternité. J'attendais Sinh, elle vous attendait. Les pères étaient absents ou empêchés, comme on dit. Ça crée des liens. On se serrait les coudes. Je suis son aînée de trois ans, ça la rassurait.

— Vous voulez dire…

— Que je vous ai vu naître, oui. Depuis cet été qui nous avait laissées seules au monde avec nos magnifiques bébés, nous avons correspondu, échangé des nouvelles, les premiers sourires, les premiers pas, les premiers mots. Nos émotions, nos inquiétudes. Des photos aussi. Quand Lina s'est installée à Nice, des années plus tard, je n'y ai pas cru. J'avais retrouvé une sœur.

139

Betty Legrand tenait sur ses genoux une grande enveloppe d'où dépassaient quelques clichés en noir et blanc.

— Ta grand-mère était venue avant l'accouchement. Elle m'a prise à part pendant que Lina était sortie.

Elle était passée du vous au tu. Je n'ai pas relevé.

— Elle voulait que je veille sur ta mère.

— Elle avait peur qu'elle fasse une bêtise?

— Tu plaisantes? Je te tutoie. Après tout tu es un peu mon fils, plus que tu ne saurais l'imaginer.

Ces paroles m'ont intrigué. Je l'ai laissée poursuivre sans l'interrompre.

— Ta mère était la joie de vivre. Elle te voulait tellement. Elle disait que plus personne ne pourrait lui faire de mal quand tu serais grand. À ta façon de remuer et de donner des coups de pied, elle était certaine que tu serais un garçon, son garçon. Elle te parlait, te chantait des chansons. Elle plaquait le transistor contre son ventre quand elle entendait une belle musique. Lina était prête à tout. À se convertir au judaïsme pour épouser Moshé. À organiser ta reconnaissance par ton père à l'insu de tout le monde. À s'embarquer pour le Maroc. Elle se serait fait couper en quatre pour toi!

Elle a répété ces mots : «couper en quatre».

Une scène moyenâgeuse a surgi dans mon esprit, Lina écartelée par un quadrille de chevaux couverts d'œillères, chacun lui arrachant un membre.

Betty était encore une belle femme au port altier. À près de quatre-vingts ans, son corps tonique trahissait des milliers d'heures de barre, une vie de maîtrise de soi qui avait dessiné les traits volontaires de son visage. Elle m'a tendu les photos de l'enveloppe une à une, en lisant à haute voix les légendes écrites par Lina. Aussitôt je me suis senti projeté dans un monde inconnu dont je n'avais gardé aucune trace. Sur les légendes, c'était écrit « Lina avec Éric », un lieu et une date, le Verdon 1962, Lacanau 1963, Le Porge, Arcachon, Soulac. 1964, 1965, 1966. Je souriais à l'objectif, les bras de Lina autour de mon cou. Parfois elle m'embrassait, je me laissais faire. D'autres fois, à califourchon sur elle, une toque de Davy Crockett sur la tête, je devais lui raconter mes aventures. Betty Legrand scrutait mes réactions derrière ses lunettes en demi-lune.

— Tu es surpris, n'est-ce pas ?

J'ai secoué la tête, incapable de parler. L'amour jusqu'alors si lointain redonnait signe de vie, pareil aux premières notes d'une fanfare qui se rapproche sans qu'on s'en aperçoive et qui soudain se trouve là devant vous à tambouriner.

— Ton père est passé deux fois avant ta naissance. Il n'y a pas eu de troisième fois. Ta grand-mère était un obstacle infranchissable. Lina était mineure, sur quel ton fallait-il le lui rappeler ? La discussion a eu lieu dans un café de Bordeaux, cours du Chapeau-Rouge, j'ai retenu ce nom, entre la mère de Lina et Moshé. Une sorte d'arrangement. Il ne devait plus se manifester. Elle s'occuperait de tout. C'était sa croix, disait-elle. Quand elle l'a su, bien après ta naissance, Lina ne s'est pas

141

révoltée. Le lavage de cerveau avait opéré. Elle avait fauté, elle devait expier.

L'évidence me sautait à la figure, inscrite sur chaque photo que Betty m'offrait. « Elles sont à toi, me glissa l'ancienne danseuse, tu peux les garder. » Lina était ma mère depuis le début, avec les gestes aimants d'une mère. Un aveugle l'aurait vu. La preuve était là, sous mes yeux qui s'embuaient. Betty m'a tendu d'autres photos qui comblaient les cratères de ma mémoire. Sauf celle-ci, où j'apparaissais en aube blanche, affublé d'une croix de buis, sur le perron de Caudéran. Un bon petit chrétien. Je ne l'avais pas oubliée. « C'était important pour ta grand-mère que tu sois baptisé, que tu accomplisses ta communion solennelle. Que le juif en toi soit éradiqué. Ton âme juive. » J'ai ravalé ma salive. « Et Lina, elle ne pouvait pas s'y opposer ? — Lina ne comptait pas ! » a réagi Betty. Elle a paru aussitôt regretter ses paroles. J'ai fait mine de ne pas les avoir entendues mais elles ont continué de planer dans l'air lourd. « L'année de ses vingt et un ans, enfin majeure, ta mère a appelé le Maroc. Elle avait obtenu le numéro de Moshé à Rabat. Elle est tombée sur lui. Elle a cru s'évanouir rien qu'en entendant sa voix. Il l'a écoutée, a demandé de ses nouvelles et des tiennes. Puis il lui a appris qu'il s'était marié avec une jeune Française. Ils allaient avoir un enfant. C'était trop tard. Quand Lina m'a raconté, elle n'arrivait pas à prononcer trois mots tellement elle pleurait. Puis elle s'est apaisée. J'ai retrouvé la Lina combative que j'avais toujours connue. Elle m'a dit que ce n'était pas grave, que vous aviez bien vécu sans lui jusqu'ici. Qu'un jour elle s'installerait à Nice et qu'on ne se quitterait plus. »

Betty, de son côté, avait élevé seule son petit garçon aux yeux bridés. Il était le fils d'un danseur vietnamien venu pour une saison à l'Opéra de Nice. Elle ne lui avait rien dit quand elle s'était sue enceinte. L'homme était reparti à Saigon. N'avait pas donné de nouvelles. Depuis ce temps, Sinh n'en finissait plus d'envoyer son boomerang comme une bouteille à la mer. « Vous êtes en quelque sorte des frères, avec Sinh. Lina doit avoir des photos de mon fils. Cela ne te dit rien ? » J'ai fait non de la tête. Maman devait penser que je n'aurais pas compris. « Comme des frères », a répété Betty. Je me suis penché vers elle. Je lui ai demandé de me dire pourquoi j'avais tant de mal à aimer ma mère. Pourquoi j'avais senti son amour sur moi si lointain. Mes paroles ont paru l'effrayer. Elle semblait ne pas comprendre ce que je lui racontais, comme si j'avais parlé une langue étrangère. À sa voix nerveuse, j'ai senti que je l'avais heurtée.

— Quand Lina est venue vivre à Nice au début de l'an 2000, a repris Betty, elle s'est installée dans une résidence du Mont-Boron. C'était tout petit chez elle. Pourtant il fallait qu'elle accroche partout de grandes photos de toi, dans son séjour, dans sa cuisine et jusque dans sa chambre. C'était à se demander si elle avait eu d'autres enfants. Un soir, pendant que nous dînions, je me suis risquée à lui dire que c'était trop, toutes ces images de toi. Elle s'est braquée. Elle m'a répondu, « avec Éric ce n'est pas pareil ». Tu étais vraiment l'homme de la maison, et peut-être l'homme de sa vie, tout absent que tu étais. Je n'ai pas insisté. C'était terrain miné, défense d'approcher.

Je ne pouvais rien ajouter.

Betty a mis un terme à notre discussion.

Elle m'a dit : « Reviens demain, je suis trop lasse. »

29

Des lambeaux de nos vies m'étaient rendus. Mon sang circulait de nouveau, les terminaisons nerveuses de ma mémoire s'étaient réactivées. Le reste de la journée, j'ai marché sans but précis du côté de la gare et des galeristes. J'avais besoin de silence. D'entendre résonner en moi les paroles de Betty Legrand, de me les approprier, de cartographier certains endroits, Arcachon, Lacanau, le cours de Chapeau-Rouge, Soulac-sur-Mer. Sans doute avais-je déjà entendu ces noms autrefois, puis ils s'étaient perdus corps et biens, dissous par le temps qui passe. Devant chez Sapone, j'ai cherché si je voyais un Chirico et une jeune fille fascinée dans un fauteuil. J'aurais aimé découvrir un tableau reflétant cette image précise de Lina, une robe légère coulée sur ses dix-sept ans, Lina plongée dans la contemplation paisible d'une place de Florence, loin des hommes, drapée dans la lumière fragile de l'instant, Lina ne rendant de comptes qu'à ses rêves. Cette scène, à force de l'imaginer, je m'étais persuadé qu'elle avait existé.

Parmi les photos envoyées à Betty, certaines racontaient la nouvelle vie de ma mère avec Michel et mes jeunes frères. J'en ai ressorti quelques-unes en m'installant sur une terrasse de la place Garibaldi. On me voit sur une pelouse, dans un bateau gonflable, François dans mes bras. Ou donnant la main à Jean qui esquisse ses premiers pas. Ces scènes me sont apparues sous leur vrai jour, des photos truquées. Rien ne tient debout. Je l'ai ressenti violemment. J'avais gobé sans sourciller le subterfuge. Toutes ces années où je croyais n'avoir cherché qu'un père, je n'avais pas senti l'absente sur chaque photo. Il manquait quelqu'un. Il manquait Elle, la petite fille. On l'avait effacée et je n'avais rien remarqué. Ni vue ni connue. Seul le regard de ma mère aurait dû m'alerter. Je croyais que l'ombre à l'intérieur de ses yeux n'était que mon triste reflet.

Je suis repassé à la pension en fin d'après-midi et, pour la première fois depuis mon arrivée à Nice, j'ai déballé mes affaires de sport. Novac m'avait fait envie, l'autre matin. Je me suis dit que courir sur la Promenade me ferait du bien. Fidèle à son habitude, l'homme au boomerang lançait son oiseau de bois loin devant lui. Je savais à présent qu'il s'appelait Sinh et que nous étions frères de lait. Un jour, il faudrait lui parler. C'était apaisant de le voir armer son bras et lâcher sa proie, avec cette assurance insensée que l'engin reviendrait se loger au creux de sa main. Il faisait un temps idéal. Le soleil rasant embrasait les baies vitrées des immeubles. J'ai dépassé les pergolas, les chaises bleues, les yeux sans cesse tournés vers la mer.

146

Un tas de pensées traversaient mon esprit et s'effilochaient dans l'effort. J'ai accéléré. J'avais besoin de sentir mon corps vibrer, de perdre haleine et, peut-être, de perdre connaissance. Tout se mélangeait à mesure que j'allongeais ma foulée, l'image de Sylvie et des enfants, les traits laiteux de maman, et l'inconnue que resterait sûrement cette petite sœur sans visage. Je courais parmi les décombres, les souvenirs et les regrets, parmi toutes les questions demeurées sans réponse. La lumière paisible du soir me rendait léger. Un à un les lampadaires se sont allumés. On aurait cru ces bougies magiques sur les gâteaux d'anniversaire, dont la flamme renaît chaque fois qu'on l'éteint.

30

Son visage s'est éclairé. Puis il a froncé les sourcils. Le restaurant était complet. Il était plus de neuf heures du soir. Les discussions traînaient en longueur. Nul n'était pressé de quitter le cocon de La Merenda. Le patron m'a fait signe d'approcher. Il semblait heureux de me voir. J'aurais accepté de dîner n'importe où, même sur un tabouret. Il fallait juste que je mange et que j'entende la vie s'agiter autour de moi. La course à pied m'avait affamé. La rencontre avec Betty Legrand continuait de me travailler. « Une minute », a lancé le bonhomme en agitant son index dans une direction incertaine. Nous étions vendredi. Une odeur de stockfisch enveloppait la salle. « Ça vous irait de partager une table avec Rivka ? Je suis sûr qu'elle sera d'accord. » J'ai reconnu la longue femme rousse que j'avais aperçue la première fois ici. Elle dînait seule, un livre à la main. Il lui a soufflé quelques mots à l'oreille. Elle a hoché la tête sans même lever les yeux. Rivka. Je n'avais jamais entendu un prénom pareil, mélange de douceur et de sécheresse. « C'est arrangé, installez-vous. » Les lunettes posées sur son nez pendant qu'elle lisait tempéraient son air sérieux. « Je ne veux pas vous importuner », ai-je dit en m'asseyant. Elle a refermé son ouvrage, a écarté mon merci d'un sourire. « Je vous ai déjà vu ici, ou je me trompe ? m'a-t-elle demandé. — Vous avez bien vu. Je viens souvent dîner. C'est délicieux et le patron est aux petits soins. » Elle a acquiescé de sa voix grave. Elle pouvait avoir trente-cinq ans, guère plus. Sa chevelure encadrait un beau visage ovale où pétillaient deux grands yeux noirs. Des éclats de rire fusaient dans la salle comme une ola qui aurait embrasé chaque table. Nos voix étaient recouvertes par cette vague sonore dont on attendait qu'elle se retire pour reprendre notre dialogue. J'ai voulu savoir d'où venait son prénom. « Rebecca si vous préférez. Rivka la servante de Dieu, Rivka l'Araméenne, la mère de Jacob, la femme d'Isaac. Isaac, vous me suivez ? — Non… — Isaac, le fils qu'Abraham voulut immoler avant qu'un ange ne retienne sa main. La Bible en ligne directe… Si vous êtes perdu, montez au musée Chagall, tout est dit en images… » J'ai perçu un brin d'ironie. Elle m'observait. À sa façon, elle avait entrepris de me lire. « Qu'y a-t-il ? ai-je demandé. — Je me disais qu'avec une kippa vous feriez un bon juif à la synagogue. C'est idiot, excusez-moi. — Vous trouvez que je ressemble à un juif ? — Personne ne ressemble à un juif ! a protesté Rivka. Ceux qui le croient s'appellent des nazis ! Mais en vous voyant arriver tout à l'heure, à vous entendre me parler, me questionner, à l'intonation de votre voix, j'ai pensé qu'il y avait quelque chose de juif en vous. » Je suis resté silencieux. Je n'allais pas lui raconter ma vie. C'est pourtant ce que j'ai fait. À cette inconnue qui semblait me connaître mieux que moi, j'ai révélé l'histoire de Lina et de Moshé, de leur dernière entrevue ici à Nice, pendant l'été 1960. De mon grand-père disparu à Madagascar. Elle m'a arrêté avec sa main. « Quel jour êtes-vous né, exactement ? — Le 26 août. » Elle a écarquillé les yeux et rangé son livre dans son sac. Qu'avais-je dit de si incroyable ? Elle s'est mise à parler en baissant d'un ton. « 26 est le nombre parfait des juifs. C'est la valeur numérique du nom de Dieu. — Et alors ? — Alors c'est simple. Même arraché à votre religion, vous êtes juif. » Son expression avait changé. Une réelle excitation parcourait son visage. « Un des noms de Dieu est YHWH. Pas de voyelles pour écrire Yahvé le Dieu d'Israël, vous me suivez ? À chaque initiale est attribué un chiffre. Y 10, H 5, W 6, H 5. Additionnez le tout et vous trouverez 26. Le jour de votre naissance correspond au nom de notre Dieu. » J'étais dépassé par cette révélation. « Croyez-moi, a ajouté Rivka, les chiffres ont souvent le dernier mot. C'est la preuve que vous êtes juif. »

La salle s'était vidée. Il ne restait plus que nous et une tablée de six convives qui chauffait l'ambiance. J'ai dit à Rivka que tout cela me paraissait impossible. J'ignorais ce qu'était être juif. Il existait peut-être un juif en moi que je ne connaissais pas, ou alors j'avais oublié. Avant cette conversation, je croyais qu'on était juif seulement par sa mère, et la mienne ne l'était pas. J'ai ajouté que je me sentais étranger à toute cette histoire. L'avais-je choquée ? Elle m'a coupé d'un geste de la main. « Des milliers de juifs niçois furent déportés à Auschwitz en 1943. — Vous me l'apprenez. Au début de la semaine, en passant devant le cimetière israélite, j'ai lu… Mais pourquoi me dites-vous ça ?» Sa voix s'est faite plus rauque. «Vous êtes la dernière personne à qui je vais parler ce soir. Depuis mon adolescence, depuis que je sais, je me suis promis d'évoquer la Shoah tous les jours. Parfois longtemps, avec un luxe de précisions, des dates, des noms, des numéros de convois. Parfois quelques mots, comme maintenant. La soirée se termine et je n'en ai parlé à personne. Alors c'est venu en vous écoutant. Vos questions, vos doutes. J'ai voulu vous le dire. Vous éclairer sur ce qui s'est passé ici pour les juifs, pendant la guerre. Les rafles de la Gestapo dans le Vieux-Nice. Les crimes d'Alois Brunner, le plus fanatique des officiers SS. Ses interrogatoires sous les dorures de l'hôtel Excelsior, tout près d'ici. Brunner montait l'escalier monumental juché sur sa moto, ça l'amusait d'effrayer les gens. Il fonçait à pleins gaz. Hitler pouvait être content. Il a nettoyé toute la ville de ses juifs. J'ai pensé que je pouvais vous dire ça. — Vous avez eu raison», ai-je admis platement, comme si je pouvais trouver une réponse à la hauteur des milliers des juifs niçois exterminés. «Maintenant écoutez, a continué Rivka. Bien des juifs sont juifs par la peur. Mon père avait peur, mon grand-père avait peur. Ils savaient pourquoi. D'autres juifs le sont parce que leur mère est juive, c'est vrai. Mais si leur mère les emmène le week-end courir les magasins, je ne suis pas sûre qu'ils soient juifs. Savez-vous ce qui fera de vous un juif authentique ? — Non…» Rivka a ôté ses lunettes et a plongé ses yeux dans les miens. «Être juif, c'est avoir des enfants juifs.»

Des éclats de voix nous parvenaient de la table de six. Je

me répétais ses paroles. « Si vous avez transmis la Torah, a-t-elle repris, avec les mêmes prières, les mêmes rituels que depuis la nuit des temps, vous êtes juif. » J'ai songé à Apolline et à Théo. Je ne leur avais rien transmis. Sinon comment attraper des miettes de pain et les porter à sa bouche, à la manière de ma grand-mère qui s'exécutait ainsi à chaque repas sous le regard de sa Sainte Vierge en albâtre. Je les avais tenus éloignés de la plus petite parcelle de religion. De leur vie, j'avais fait un désert de l'esprit. Il était là, notre carnage de la Prom', pendant l'été 1960. Pas un bruit, pas un cri. Seulement Dieu écrasé pour toujours. Et voilà qu'une inconnue ranimait mon âme juive dans un restaurant de spécialités niçoises, une fée comme il en existe dans les contes pour enfants, ceux que malgré mes promesses je n'ai jamais lus aux miens.

La main de Rivka pesait sur mon bras.
« Je vous ai choqué ? ».
« Pas du tout, mais je dois partir. »
Je me suis levé.
« Au revoir », ai-je dit d'une voix moins assurée que je n'aurais voulu.
« Si Dieu le veut, a répondu Rivka. On ne maîtrise rien. C'est la Torah qui nous l'apprend. *Gam zou le tova.* »
« Comment ? »
« Ça signifie que tout est fait pour le bien. Une prochaine fois, si vous voulez, je vous montrerai cette phrase écrite en hébreu. C'est une merveille, le dessin des lettres. Bonne nuit. »
Il était tard. Trop tard pour être juif.

31

Une douleur me tenaillait. Elle prenait en traître dans la région de la poitrine, dans le dos, la nuque, les jambes, partout et nulle part. Une douleur dissimulée, exaspérante. La mer était grosse et agitée. C'était une marée inhabituelle. Les vagues se gonflaient d'un vent de terre qui les creusait avant de les plaquer bruyamment sur le rivage. Je n'avais jamais vu ça à Nice. Il est vrai que je n'avais rien vu, ici. Malgré l'obscurité, je distinguais l'écume bouclée, le flanc clair des lames. Comme j'avançais sur la plage, j'ai cru distinguer une ombre fugace, le visage de ma grand-mère. Son visage en officier nazi. Je savais qu'un monstre hantait mon histoire. J'aurais voulu la terrasser en lui balançant ma date de naissance, ce chiffre 26 qui me délivrait du mal. J'ai tenté de prononcer les mots d'hébreu que Rivka m'avait confiés. Je les avais déjà oubliés. Ils appartenaient à une langue qui ne pouvait être la mienne. Cette femme que j'avais tant aimée enfant, Lina, ta mère que tu m'avais laissé adorer, elle n'avait pas seulement éloigné Moshé. Mon âme juive, elle me l'avait volée. Il n'y avait pas eu de *kaddish* pour la soulever, pour lui donner la force de monter au ciel. Elle serait à jamais une âme en peine. Pulvérisée dans l'encens des églises. Dans l'odeur de son missel qu'elle me faisait ouvrir chaque soir à la page du *Notre Père*. J'ânonnais sans y croire, notre Père… C'était indolore, au début. Ta mère a tout éradiqué, mieux que la mort-aux-rats. J'ai gardé les photos de ces fêtes contre nature. Il n'en reste rien, du fils de juif. Si peu que je serais incapable d'en dire un mot à mes enfants. Je ne parle pas juif, je ne pense pas juif, je ne mange pas juif, je ne rêve pas juif.

Une image enfouie vient de resurgir. Mon dîner avec Rivka l'a tirée du néant. C'est une rencontre au cimetière judaïque de Fès, la ville natale de Moshé, il y a longtemps. Sylvie m'a entraîné dans ce lieu perdu gardé par un rescapé de la communauté. L'homme nous conduit vers les tombes de mes ancêtres marocains. Un arrière-grand-père rabbin, une tante décédée à dix-sept ans, emmurée à jamais dans une tombe toute blanche percée d'un creux rempli d'eau, le bol aux oiseaux. Après la visite, le guide nous a emmenés jusqu'au musée du cimetière. Une ancienne synagogue remplie d'objets ordinaires laissés par les familles juives avant leur départ pour la France, l'Amérique ou Israël. Des poupées, des albums photos remplis de scènes intimes, des illustrés, quelques robes de fête, des disques recouverts de poussière. Un malaise m'envahit à mesure que j'avance dans une enfilade de pièces toujours plus étroites, avec leur fatras de peignes, de brosses à dents, de sous-vêtements. Tout un petit peuple s'est dépouillé avant de quitter le Maroc. Sur des murs recouverts de photos en noir et blanc, on reconnaît le mellah de Fès et ses fantômes, vieillards à longues barbes coiffés de larges chapeaux, femmes à foulards. Parmi ces silhouettes sans vie, une tache de couleur a attiré mon attention. C'est une image moins ancienne. Elle doit remonter au début des années soixante-dix. Je le devine à ses tons acidulés. Le cliché représente un jeune garçon d'une douzaine d'années qui sourit à l'objectif, le regard bien droit, des fossettes aux joues. Là, j'ai vacillé. J'ai reconnu sans peine ce visage. C'est moi. Moi avec une kippa. Un enfant a pris mes traits, mon visage, mes cheveux et même mes yeux. Un moi juif. Je me suis approché de cette photo anodine, un gamin de Fès le jour de sa bar-mitsva. J'ai la même dans un album, le jour de ma communion. Avec une légère différence. Un crucifix de buis au cou à la place d'une kippa sur le crâne. J'ai quitté la pièce et je suis sorti à l'air libre. J'ai inspiré profondément. Sur les hauteurs de la ville, le muezzin entamait son chant de prière. Je n'ai pas montré cette photo à Sylvie ni aux enfants. Depuis cet instant, je sais que je suis un autre.

32

Ma nuit a été agitée. Les paroles de Rivka sur mon âme juive n'ont cessé de me hanter. Quand elle avait prononcé le nom ineffable de Dieu — son doigt tournoyant dans l'air l'avait écrit avec un point après la première lettre, D.ieu —, elle avait insisté sur une curieuse propriété de son nom qui signifie à la fois le passé, le présent et le futur. J'ai eu du mal à comprendre. Je me suis demandé en quoi le Dieu des juifs concernait mon avenir, moi qui ai passé ma vie entière sans lui. À mon réveil, je ne me sentais plus de forces. J'étais accablé par ce mystère qui me dépassait plus encore que mon lien abîmé avec Lina. Betty Legrand m'avait donné rendez-vous sur la plage du Ruhl en début d'après-midi. J'avais tout mon temps. Place Masséna, j'ai attrapé le tramway qui grimpe vers Carabacel. Je me suis assis dans la dernière voiture. Une peur m'accompagnait. La peur qu'il nous arrive quelque chose. Mais que pouvait-il nous arriver de plus grave que de s'aimer si mal ? En 1943, le capitaine SS Alois Brunner arrivait de Salonique. J'aurais dû connaître cette histoire.

La rafle des juifs de Nice avant le train pour Drancy, avant Auschwitz. J'étais passé à côté de ça aussi. Au lycée de jeunes filles Albert-Calmette étudiait l'élève Simone Jacob, la future Simone Veil. Jusqu'alors, elle et sa famille n'avaient guère été inquiétées. Les Italiens laissaient les juifs tranquilles. Mais en 1943, l'année de ta naissance, ce ne fut plus la même chanson. Les juifs, Brunner se fit un devoir de les débusquer un par un, avec méthode et délectation. Il les coinça dans les plus petites rues de la vieille ville, là où on vend aujourd'hui des pâtes fraîches et des panisses à se damner. Un astronome de premier ordre, ce Brunner, capable de distinguer les étoiles jaunes à l'œil nu même en plein jour.

J'essaie de me raisonner. Ce n'est pas notre histoire. Tu as été juive et cachée comme une juive, mais seulement en 1960. Et sur nos papiers, j'ai vérifié, pas la moindre trace du juif de Fès empêché d'être mon père. Nous étions sauvés. Pendant la guerre tu n'aurais pas été inquiétée. Moi j'aurais à peine été un juif à la mode de Bretagne. Un juif à l'ail et aux pois chiches, un juif d'Afrique du Nord, risible séfarade. Il s'en trouvait bien sûr parmi les soutanes pour souffler à ta mère, «un juif, même à demi, ça n'est jamais bon». C'était un fantasme, un de plus. Nous n'avons couru aucun danger, sinon celui de nous perdre. Tu vois, petite maman, on a failli être juifs mais même ça on n'a pas réussi. Alois Brunner aurait-il pourchassé un Éric Uzan, de la graine de couscous? Depuis mon arrivée pourtant, bientôt dix jours, chaque fois que je monte dans le tramway de cette ville où je suis né en pointillé, je me glisse d'instinct en queue de rame. Là est ma place. Je serai toujours un passager de la voiture arrière, un abonné du dernier train. Je l'ai appris par hasard, s'il existe un hasard sur la question : pendant l'Occupation, le dernier wagon des métros et des trams était réservé aux juifs.

Comme certains architectes laissent leur signature sur la façade des immeubles qu'ils ont construits, tu m'as transmis ta marque de fabrique. Avec le temps elle s'est estompée. Mais je reconnais tes taches de rousseur sur ma peau, quand le soleil vient les réveiller. Tes traits s'accusent en moi. Mais de quelle faute ? À Nice, je sens briller à même mes joues une étoile jaune. Qu'en diraient les avocats qui avaient pris place près de nous à La Merenda, le premier soir ? Accepteraient-ils de nous défendre contre l'ironie du sort ? Qui parle de nous défendre ? Nous sommes en paix à présent. Je retrouve la vue. Je retrouve l'odorat. Tu me prenais contre toi, je respirais tes cheveux, j'enfouissais mon visage dans tes boucles. Tu m'offrais tes bras, tes mains, ta poitrine. Zones libres. Je me lovais dans ta chaleur, je respirais ton souffle, tu me pressais contre tes seins, ton regard veillait sur mon sommeil. Nice, bord de mère.

Le tramway est revenu à son point de départ. J'ai l'impression d'avoir fait un tour de manège. La cloche indique à tous les voyageurs de descendre. La baie des Anges scintille. Je vais t'appeler. J'ai sorti mon portable de ma poche. Je me sens d'attaque pour te parler avec tendresse, te dire que je suis à Nice et que je pense à toi. Peut-être te demanderai-je encore où je suis né, où nous sommes nés. L'écran reste noir. Batterie déchargée. Crois-moi, je suis déçu de ne pas réussir à te joindre.

Sur la plage du Westminster, un attroupement s'est formé près de l'homme au boomerang. Il envoie son étoile dans le soleil.

33

J'ai déjeuné dans un restaurant de poisson face à la mer. C'est revenu d'un coup en découvrant la première page du journal que m'avait tendu le serveur. *Nice-Matin* publiait une photo du quartier de l'Ariane, la face sombre de la ville. Une impression de déjà-vu m'a envahi. Le signe d'un ailleurs autrefois familier. Les tours, les cages à lapins, le gris sur gris. Les voix qui résonnaient dans les étages, les paliers à quatre portes en sortant de l'ascenseur. Un interstice de nos vies. De notre vie à toi et moi, rien que toi et moi, petite maman. Ce n'était plus l'Ariane mais la cité du Grand-Parc que j'avais devant mes yeux. Elle avait poussé autrefois sur les marécages de Bordeaux, à la place des cressonnières et des cabanes en bois. Un mélange d'excitation et de tristesse m'a gagné. La certitude que j'allais retrouver dans ce souvenir la preuve que tu m'avais aimé.

Tu avais annoncé ta décision un soir en rentrant de ton travail. Mamie mâchonnait un morceau de pain. Paul serrait les dents le regard vide. «Avec Éric on va s'en aller.» Ta mère avait froncé les sourcils. «Où ça?» Tu avais répondu : « Au Grand-Parc » comme si tu avais désigné une annexe du paradis. Le paradis, pour toi, c'était loin de ta mère, loin de ton frère, loin des curés à cou de poulet, loin. Quand on vivait tous ensemble, aucun de nous n'avait de place. Alors on partait. On les laissait. Ils seraient plus au large sans nous. Et nous tellement mieux sans eux. En entendant « Grand-Parc », j'imaginais de hauts arbres qui ployaient doucement au vent, un ciel radieux rempli d'oiseaux, des jeux, des amis, et Lina pour moi tout seul. Je n'avais pas idée des terrains vagues, des avenues froides et ventées entre les barres d'immeubles, des bandes de gosses à couteau qui me tordraient le poignet pour que je lâche l'argent des courses. Je ne savais pas les crachats, les traquenards dans les caves, les pneus crevés à mon vélo. Restait Lina. Resplendissante, enfin libre, belle à la siffler dans les rues, les mecs ne se gênaient pas, disponible pour son petit garçon qui la dévorait des yeux. Le soir on dînait tous les deux devant *Vive la vie* ou *Noëlle aux quatre vents*. Pour rien au monde on n'aurait raté notre feuilleton. La musique du générique nous électrisait. On se précipitait comme deux enfants vers un distributeur de friandises. Les nôtres, c'étaient les carrés Gervais tartinés sur des biscottes, une fois sortis de leur mince enveloppe d'aluminium — j'ai encore le goût salé sur la langue —, et les tranches de pain d'épice beurré pour le sucré. Des dînettes de gamins, pas très équilibrées. En cas de grande faim, tu préparais des coquillettes au fromage. Je mettais le couvert dans le salon avant que tu rentres de ton travail, l'adresse m'est revenue, un carwash de la rue de la Course, aux Chartrons, tu étais secrétaire. Tu avais acheté un électrophone. Nous possédions deux disques 33 tours, le concerto d'Aranjuez qui te faisait pleurer, et Leny Escudero qui te faisait pleurer aussi. Moi j'avais un 45 tours de Dalida, un autre d'Hugues Aufray, «je voudrais faire le tour de la te-e-e-rre avec toi. Mais tu es trop petit, petit frèèère, pour le faire». Je n'étais plus ton petit frère. J'étais l'homme de la maison.

34

Betty Legrand m'attendait comme prévu sur la plage du Ruhl. Une lumière tendre caressait les visages. Un après-midi de rêve. Je chauffais. Je brûlais. Betty portait des lunettes à verres teintés. J'aurais juré qu'elle avait pleuré. Elle occupait un relax qu'elle avait relevé à la verticale pour garder son dos bien droit. Son exposé fut d'une limpidité désarmante. On aurait dit une prof soucieuse que son élève ait bien compris la leçon à la fin de l'heure.

Ce que j'ai retenu de son récit, le voilà avec mes mots. Ta mère voulait avoir la paix. Il fallait vite le reconnaître, ce petit. Avant que le juif n'accoure et ne le vole, et ne le signe de son nom de juif. C'était la guerre, en 1960. On se battait en Algérie. On se battait ici aussi, à Nice. La preuve, c'est que tu saignais par le bas. Des flots de sang. Quelle idée de te faire lever si vite. Ça ne pouvait pas attendre, cette paperasse ? Non, avait décidé ta mère supérieure. Pas une minute à perdre. Elle a couru à ton chevet. Dans la rue un moteur tournait, et le compteur du taxi. Une course pour la mairie, service de l'état civil,

« vite monsieur nous sommes pressées ». Petite fille chancelant sur ses jambes au guichet des naissances. Une tache sombre sur ta robe à hauteur du pubis. Tu n'étais plus très sûre d'être vivante. Petite maman un stylo sur la tempe et cette bête à bon Dieu qui te soufflait les réponses. Tu luttais pour bien te tenir. Pour tenir debout. Nom et prénom du père ? Inconnu. Comme le soldat de Quatorze. Bien sûr que tu les connaissais, son nom, son prénom, ses fossettes, l'intonation de sa voix, le grain de sa peau, et même l'alignement de ses dents blanches pareilles à des perles, les reflets vert émeraude que le soleil réveillait dans le marron de ses yeux. Jamais inconnu ne te fut si familier. Le tampon portait le nom de l'officier chargé des reconnaissances, un certain Verola. J'étais devenu Éric Labrie. Tu aurais préféré Arthur.

Un prénom ça se choisit à deux. Vous étiez deux. Ta mère et toi. Elle ne t'a pas laissé le choix. C'est elle qui a décidé. Éric, ce n'était pas un prénom pour moi. C'était un prénom contre toi. Contre Moshé. Un prénom répulsif. On est attaqués par toutes sortes de bestioles en été, à Nice. Un prénom antiparasites. Un prénom pour repousser le juif. Éric, ça sonnait boche. « Comme Erich von Stroheim », souffla ta mère au fonctionnaire. Elle voulait donner le change. Pour changer, j'avais changé. Éric. C'était dur, sec, martial. Éric pour lui dire « va-t'en », au juif du Maroc. Pour lui dire « n'y reviens plus ». Il n'est pas revenu. Quel juif prénommerait son fils Éric ? Je m'imagine la tristesse de Moshé, quand il a su. Et la tienne. Dès le commencement je n'ai pas été ton fils puisque tu ne pouvais pas être ma mère.

164

De retour à la maternité — inconnue comme mon père — tu m'as pris contre toi. Tu as manqué t'écrouler avec moi dans tes bras. Ce soir de défaite, l'infirmière s'est approchée de ton lit pour vérifier que tout allait bien. Tu étais agitée. Elle t'a rabrouée. Tu gênais tout le monde avec tes plaintes. Le médecin t'a donné un calmant. Tu as fini par t'endormir en suçant ton pouce.

Le lendemain, la source est tarie Tes bouts de sein sont crevassés. Le sang vient avec le lait. Déjà, tu n'es plus une petite maman. L'as-tu seulement été une journée ? Betty poursuit son récit. Chaque mot, chaque phrase te fait réapparaître sous un jour nouveau. Mes poings se serrent, impuissants, inutiles. Tu m'as offert aux plus belles poitrines de la maternité. Aux plus généreuses. De vraies montgolfières. À commencer par celle de Betty, un bon lait nourrissant que j'ai partagé avec Sinh. Puis aux seins d'une jeune Normande en vacances à Nice. Aux seins noirs d'une maman sénégalaise. Aux seins opulents d'une belle Italienne, d'une juive d'Europe de l'Est qui s'appelait Ester. « On ne s'est pas fait prier », sourit Betty, revivant ces instants où je passais de bras en bras, assoiffé de chaleur et de lait. Lina était au désespoir. « Elle avait peur que tu perdes du poids, que tu décroches de la courbe qui apaise toutes les mamans du monde. Dans cette période, le même cauchemar hantait ta mère. Il revenait dès qu'elle s'endormait. Elle luttait contre le sommeil tellement il la terrifiait. » Un cauchemar ? « Lina voyait un gros serpent se faufiler sous ses draps et téter goulûment ses seins. Cette image ne la quittait pas. Elle venait d'une histoire que son père lui avait racontée à propos d'une espèce de serpents de Madagascar qui traversent la savane pour aspirer le lait au pis des vaches. Il lui manquait, son père. Elle aurait tout donné pour un seul regard de lui. De cette vision elle déduisait qu'il lui voulait du mal, qu'elle n'était plus sa fille. C'était terrible de la voir se torturer. J'étais incapable de chasser ce serpent de son esprit. Celle qui vous a sauvés, c'est Éliane, la sage-femme, une créole de La Réunion qui aurait pu être notre mère. Elle était toujours gaie. On l'entendait venir de loin avec ses chansons douces, son rire tonitruant, de la vie et du soleil plein le visage. Un matin elle a enduit de miel les tétons de Lina, un miel de baies roses. Elle a recommencé le soir et encore le lendemain. Lina a pu rapidement te remettre au sein. »

Dieu a bon dos. Trois jours après ma naissance, les formalités administratives accomplies, ma grand-mère a décidé de tout. Avec mon oncle Paul, ils ont loué une auto pour rentrer à Bordeaux. Une Renault Prairie équipée de phares puissants pour transpercer l'obscurité. Depuis le début de l'été, les premières stations offrent leurs services nocturnes. Tu as vu dans le Vieux-Nice une réclame qui te fait rêver. Elle montre un couple roulant de nuit à bord d'une décapotable. L'homme est au volant. La femme se tient à ses côtés, un sourire paisible aux lèvres, le bras nonchalamment posé sur l'épaule du conducteur. Un fichu couvre ses cheveux. Une marque d'essence propose de faire le plein à n'importe quelle heure sur la route des vacances. Dans le pinceau lumineux, une station apparaît sur la droite. «Roulez de nuit sans souci», dit la réclame. Tu t'es glissée confiante à l'arrière. C'est une voiture qui sent le neuf. Elle te rassure. La Côte d'Azur s'éloigne. Demain matin, tu retrouveras des paysages familiers. Tu parles à ton bébé. Tu lui promets des promenades. Tes seins de miel. Tu t'es assoupie, confortablement installée dans l'habitacle douillet. Paul passe les vitesses avec doigté, le moteur ronronne, rien ne peut vous arriver.

Tu dormais encore quand ton frère a bifurqué vers Mérignac. Le jour pointait. C'est seulement après que tu lui as demandé pourquoi ce détour. Il n'a pas répondu. Tu gardes les yeux fermés. Du moment qu'on avance. Mais soudain ça n'avance plus. L'auto vient de stopper devant une maison au fond d'une impasse. Une femme a ouvert sa porte, un doigt sur la bouche. «Silence, les autres petits ne sont pas réveillés.» Ta mère a tout prévu. D'un geste énergique elle a soulevé mon couffin. Elle me donne à cette étrangère qui fait le métier de nourrice. Je serai son quatrième pensionnaire. Elle m'arrache à toi, elle t'arrache à moi. C'est fini.

Tu as envie de mourir. Tu insultes ta mère. Tu insultes Paul, ce faux frère. Tu tentes de les poursuivre dans la rue mais sitôt debout tu vomis sur le trottoir. Paul t'a traînée au-dessus du caniveau. Il ne faudrait pas salir les sièges de la belle auto. Il a appuyé sa main sur ta nuque, ses ongles durement plantés dans ton cou. Puis il t'a poussée à l'arrière. Tu as perdu connaissance. À ton réveil, dans votre réduit de Caudéran, tu m'as cherché partout. Puis tu t'es souvenue. Tu as crié plus fort qu'à la maternité. C'est décidé. L'enfant du juif n'entrera pas ici. Tu ne

167

seras pas une mère. Tu cries. Tu cries encore. C'est ce cri que j'entends, depuis toujours.

On nous a séparés. Des mois durant. Lits de glace. Bouffées d'angoisse. Même le jour c'est la nuit. Privés l'un de l'autre, privés de chaleur. Une détresse infinie, et personne pour tenir compagnie à ta détresse. L'évidence me saute aux yeux, à présent. Je ne te connaissais pas. Ton visage, je ne l'avais jamais vu. Il faut rentrer dans les détails, ça compte les détails, au début de la vie. Ton lait je ne l'ai pas bu. À peine quelques tétées volées à Nice avant que ta mère nous éloigne. Le mal que ça nous a fait. Tu étais unique, petite maman. Tu étais irremplaçable et on t'avait remplacée.

Un jour tu es revenue. Un coup de vent, un ouragan. La nourrice m'avait entravé les bras avec une grosse épingle prise dans le matelas. Je m'étais lacéré le visage avec mes ongles trop longs. Tu m'as vu prisonnier. Tu m'as libéré. Tu m'as emporté, ensemble on s'est envolés. «Mademoiselle, vous n'avez pas le droit!» On est déjà loin, je suis près de toi, tout près. Ton rêve de devenir cardiologue, tu l'as abandonné. Tu ne sonderas pas les cœurs. Tu as englouti tes économies dans une machine à écrire. Tu as appris la sténodactylo en accéléré aux cours Pigier. Désormais tu sauras taper. Tu rendras coup pour coup. Ta mère nous garde tous les deux. Tu ne lui laisses pas le choix. Je partagerai ta chambre. À deux pas de sa haine. Une nouvelle vie commence, la vraie vie. Le matin, l'après-midi, le soir, résonne une musique martiale. Clac-clac-clac-clac-clac, bing et retour chariot. Mon lait maternel, ce sont les lettres de ton clavier. Les mots crépitent. Parfois le rouleau tache tes doigts et mes langes et ma peau. Tu m'appelles « le tatoué ». Comment ai-je réagi en te voyant ? Mes jambes Bibendum se sont-elles mises à remuer, tels des ressorts ? T'ai-je tendu les bras en m'agitant pour que tu me prennes ? T'ai-je souri de toutes mes gencives, ai-je émis de petits cris de joie ? Pour te reconnaître, il aurait fallu que je te connaisse.

Pendant ces mois, nuit après nuit, jour après jour, je t'ai cherchée. Tu n'étais pas là. Radiée de la famille Playmobil. J'ai fait le plein d'insécurité. Il aura fallu toute la vie pour la dissiper. Je suis né d'une contraction. C'est douloureux, une contraction. Je ne m'appelle pas Éric pour rien. Éric et crier se contractent. Nous savons les mots qui comptent double, les mots à double sens. En déplaçant les lettres de mon prénom, en créant le désordre, Éric devient crié. Je ne suis pas ton fils tout craché, je suis ton enfant crié. Il a fini par sortir, ce cri. Ici, à Nice. Des morceaux de cauchemar se mettent en place. Ma crainte que tu me rendes quand je ne suis pas sage. Ce rêve récurrent de l'enfance : je suis d'un côté du pont de pierre dans la nuit brumeuse. Tu me pousses dans le dos pour que j'avance droit devant sans me retourner. En face au loin, deux silhouettes, une petite fluette et une grande massive. La petite, c'est Marie ou Élisabeth, on te la rend. La grande, c'est la nourrice qui me reprend. Échange des bâtards. À mi-chemin dans le brouillard du pont, je croise la fillette et je te reconnais.

C'est toi, c'est ton visage sur un corps d'enfant. Elle poursuit sa marche sans ralentir, sans me prêter la moindre attention, le sourire tendu vers sa maman qu'elle va enfin retrouver. Je laisse la place.

Betty vient d'ôter ses lunettes de soleil. Je pense à ta mère que j'ai tant aimée. Elle s'était bombardée ma propre mère. Mon soleil et mon Dieu. Elle me prenait dans ses bras comme son fils, une fois éloigné le péril juif. Elle répétait en s'esclaffant : « Il est sérieux comme un pape ! » Elle t'éclipsait, toi et la terre entière. Pourquoi m'as-tu laissé l'aimer autant, l'aimer à ta place ? J'ai envie de t'appeler. Je voudrais encore te demander, petite maman, par quelle opération du Saint-Esprit tu m'as fait aimer un monstre.

Betty a fermé les yeux.
Elle a stoppé son récit.
On dirait qu'elle dort.
Le chagrin ça vous assomme d'un coup.

Un souvenir rapplique de je ne sais où. J'ai tout juste la trentaine. Ta voix au téléphone. « Mamie est décédée. Ils l'ont transportée à Saint-André. » Je me précipite dans le hall de l'hôpital. À l'accueil, je donne son nom. On me conduit à la morgue. Sur un lit en fer, son petit corps difforme, étendu de travers, comme tombé d'une brouette, dans une position obscène. Les jambes à demi repliées, une chemise de nuit relevée jusqu'au-dessus des genoux. Sa maigreur. Et entre ses cuisses décharnées, une tache lie-de-vin. Je remonte le drap chiffonné à ses pieds. Sa bouche ouverte n'a plus rien à dire. Je ne sais plus si je l'aime. Serai-je capable de lui pardonner un jour, au jour du Jugement dernier dont elle me rebattait les oreilles quand on déambulait à travers les églises froides à la recherche du droit chemin ? Ça l'aurait écorchée de me révéler qui j'étais ? Je ne l'appelle plus Mamie. Je l'appelle *la vieille*. Ça me fait du bien. Elle aurait eu de la peine si elle m'avait entendu parler de la sorte. La vieille, la vieille, la vieille. Même Lina, avec le temps, a eu de l'indulgence. Elle m'a dit qu'il fallait la comprendre, sa mère, avec son éducation d'aristo pour qui changer de trottoir valait mieux que croiser un garçon. Souvent je fais un autre rêve où je m'entends lui parler. Je suis l'enfant qui l'appelle Mamie en pensant maman. Sur son lit de mort elle me reconnaît. « C'est toi mon chéri ? Dis-moi ce qui te contrarie. » Je lui demande pourquoi elle a trucidé mon âme juive. Je lui parle dans une langue que je ne connais pas. Si Moshé était là, il me soufflerait que c'est de l'hébreu. Une kippa recouvre mon crâne. Elle pousse un cri et meurt une deuxième fois.

C'est sûr, Betty s'est assoupie. Je l'entends à son souffle lourd et régulier que scande un ronflement aigu. Le soleil éblouit les hauteurs du mont Boron. C'est beau à voir, ce scintillement tout là-haut.

Je reste seul avec mes questions.

Quel est le premier visage que mes yeux ont vu ?

Quelle est la première voix que j'ai reconnue, que j'ai suivie à l'aveugle, en dirigeant ma tête dans sa direction ?

Impossible de remonter aussi loin. Pourtant il suffit de compter sur les doigts d'une main. C'est facile. À moins de cinq jours, disons trois jours et demi pour faire bonne mesure, j'étais confié à une inconnue. Tu avais droit à une visite hebdomadaire, une heure le matin, ou une heure en fin d'après-midi. Parfois tu choisissais les deux. Entre-temps tu errais dans Mérignac, c'était trop loin de rentrer à Bordeaux et de revenir. Tu mangeais tes ongles. On avait enrayé tes montées de lait. Tu bâtissais des plans sur la comète. Tu imaginais une vie rien qu'à nous. Pour ça il fallait de l'argent. Tu as fini par ne plus venir. Ce n'est pas l'envie qui te manquait, mais la force pour repartir. Qui peut s'arracher le cœur une fois par semaine ?

Le résultat est là. Tu me manques depuis toute la vie. Quand le voile s'est dissipé sur mes yeux de nouveau-né, ce n'était pas toi dans la lumière. Ce n'était pas toi la lumière. C'était elle. Elle ma mère et toi l'inconnue. Longtemps j'ai regardé les gens de travers. Je cherchais quelqu'un d'autre. Je te cherchais.

— Betty, aidez-moi.

Un sourire a éclairé le visage de l'ancienne danseuse. Elle s'excuse.

— Je suis insomniaque. Je me rattrape dans la journée, de courtes plages de sommeil. Tu me parlais ?

— Lina prétend qu'elle n'a jamais su où j'étais né. Je me suis fait des films. Parfois je nous imagine entourés de Russes éméchés qui parlent fort et brisent contre les murs des verres de vodka. À la santé des mamans et de leurs bébés roses, longue vie, *spassiba bolchoï*! Du verre blanc, comme les Russes d'ici. Leurs rires résonnent jusque dans les chambres voisines. L'infirmière-major qui ressemble à ma grand-mère les a priés de se taire. Ils lui ont proposé de trinquer, elle n'a pas dit non, mais elle gronde : «Messieurs, par pitié, moins de bruit!» Voyez ce qui me passe par la tête. Cela ne vous rappelle rien, Betty, les chants russes, les éclats de rire, les éclats de verre? Tant pis, ou tant mieux. À choisir, je voudrais être né à l'hôpital Saint-Roch, derrière sa belle façade italienne couleur crème, à l'abri des persiennes ajourées. On croirait un palazzo romain. Je voudrais être né là, même si je sens parfois une drôle de Russie couler en moi, quelque chose comme le fleuve Amour. Alors, cette maternité, où est-elle?

Une expression ennuyée a de nouveau brouillé son regard. Elle a sorti une cigarette. Les volutes nous enveloppent comme un suaire. Je ne l'avais pas encore vue fumer.

— Impossible que Lina ait oublié, a soufflé Betty en même temps qu'une bouffée grise. Je pense qu'elle n'a pas voulu te peiner davantage.

— Pourquoi m'aurait-elle peiné?

— À cause des symboles. Et celui-ci n'est guère heureux. En 1962, un séisme a fait trembler Nice. Rien de très sérieux, mais les scientifiques redoutent que la ville ne disparaisse un jour sous une secousse sismique. Nice est bâtie sur une faille. Les Niçois le savent mais ils s'en moquent. La plupart restent là leur vie entière. Ils ne vont pas bouger pour si peu. Cette année-là, la maternité des Orangers a été sérieusement secouée. Je me souviens de la photo dans *Nice-Matin*. La façade craquelée comme une coquille d'œuf. La ville n'a pas voulu courir le risque d'y abriter encore des naissances. Les Orangers ont été détruits. Tu étais né là, comme bien des petits Niçois de l'époque. Les lits ont été redistribués entre Saint-Roch et Santa Maria.

J'ai voulu savoir où se trouvait cette maternité fantôme. Betty m'a indiqué un endroit sur la Prom', après le Negresco, en remontant vers l'aéroport. J'étais désorienté. Être né dans un endroit qui n'existe plus ajoute au sentiment de vacuité. Dire que Nice est mon non-lieu de naissance serait plus juste. J'ai réalisé que depuis mon arrivée j'étais passé matin et soir devant l'ancien site des Orangers. C'est le lendemain qu'un autre souvenir m'est revenu. Une longue conversation avec Moshé. Après tant de rendez-vous manqués, j'avais fini par le retrouver. Il vivait en France, dans une ville du Sud-Ouest, avec l'espoir enfoui que tôt ou tard je viendrais à lui. Nous avions parlé du destin, de Lina, de sa mère, de lui surtout et de sa famille. La voix affaiblie par la maladie, il m'avait raconté son histoire de juif en proie à ses peurs. J'ai retenu cet étrange détail. Quand il se préparait pour un accouchement, il glissait son passeport dans la poche de sa blouse. Pouvoir s'enfuir à tout moment, c'était son obsession maladive. L'été de ma naissance, assigné à résidence au Maroc, il travaillait à la Maréchale-Lyautey. Il faisait

174

naître des enfants à tour de bras. Je me suis demandé s'il avait fait naître le petit garçon à la kippa qui me ressemblait. Mais le vrai nom de l'établissement n'était pas la Maréchale-Lyautey. À Rabat, on la connaissait sous une autre appellation : la maternité des Orangers.

35

C'est elle qui m'a appelé. Sa voix était lointaine, un brouillage de fréquences entre l'Atlantique et la Méditerranée. Elle me demandait de prendre le premier train, «viens mon chéri j'ai besoin de te sentir près de moi. Je perds la vue, c'est une impression terrible». Elle semblait très faible. Il était aussi question de la maison de son père qu'elle allait récupérer. Pourquoi me parlait-elle de son père? Et qu'était-il arrivé à ses yeux? Elle ne voulait pas en dire plus au téléphone. «Viens vite.» J'ai entendu le mot «panoplie» ou «diplomatie». Puis la conversation a coupé. J'ai décidé de la rejoindre. Je n'avais que trop attendu. J'ai prévenu de mon départ à la pension. La patronne m'a préparé ma note à regret. On s'était habitués à se voir. Une pension de famille, c'est d'abord une famille. J'ai rédigé en hâte un mot à Novac, pour le remercier de son aide. Je suis monté dans ma chambre pour réserver un billet dans l'express du lendemain matin. J'arriverais à La Rochelle en fin de journée. Je préférais le train à cause de sa lenteur. Je pourrais me préparer à l'idée que j'allais retrouver Lina. J'ai imaginé qu'elle avait encore dix-sept ans et qu'elle me raconterait tout depuis le début. Que nos vies allaient recommencer. Que ma confiance renaîtrait comme dans ces instants de l'enfance où elle me prenait contre elle en me chuchotant « tu n'as rien à craindre, même si tu mourais je te ferais démourir ».

III

Je ferai comme si

1

« Je ferai comme si tu étais morte. »
Cette petite phrase m'a saisi en quittant Nice, pareille
à l'air d'une chanson qui vous obsède.

2

Lina m'attendait devant la gare. Il faisait bon. L'air du soir sentait l'iode. Un dernier soleil rougissait le grand ciel vide. J'ai respiré à pleins poumons avec l'impression de respirer mon enfance, le parfum salé de mes origines, celles que je m'étais choisies, un vieux port de carte postale avec ses tours inamovibles et son chenal ouvert à l'appel du large. Les lumières des Minimes montaient à l'assaut de la nuit. On distinguait encore la forêt des mâts, le phare du Bout du Monde, le bassin à flot. J'étais chez moi, ce véritable chez-moi que Lina avait offert à mes dix ans. En l'apercevant qui me guettait dans la salle des pas perdus, j'ai revécu la dernière fois que ma mère m'avait attendu dans cette gare, j'avais dix-sept ans. Lina se tenait alors bien droite, juchée sur ses talons pointus de petite femme qui rehaussaient sa silhouette, les ailes de son nez frémissantes, les yeux inquiets de savoir s'il serait possible de m'adresser la parole. À côté d'elle, papa n'en menait pas large. Il semblait abattu, étriqué dans son manteau d'hiver. C'était un soir grelottant de février. Mes copains du lycée étaient venus m'attendre aussi. J'avais préféré repartir en ville avec eux. Je revois les silhouettes fragiles de mes parents. Ils s'étaient éloignés, soudés dans leur tristesse, après m'avoir embrassé. Vers minuit, de retour à la maison, j'avais aperçu de la lumière dans leur chambre. Du bout des lèvres, j'avais promis qu'il n'y aurait pas de deuxième fois. Mon père avait paru soulagé. Un peu de rouge avait teinté ses joues. Maman m'avait souri d'un sourire apeuré. Que s'était-il passé entre eux pendant ces journées où j'étais allé à Toulouse rencontrer Moshé — mon « vrai père », avais-je dit maladroitement à Michel la veille de mon départ. Craignaient-ils que je ne revienne pas ? Je n'ai rien su, sinon que papa s'était rongé les sangs, inquiet que Moshé m'attire à lui. Il pouvait être tranquille, pourtant. Il était mon père, je portais son nom. J'avais seulement voulu voir à quoi ressemblait « l'autre », celui de la vie d'avant, la vie qui n'avait pas existé.

C'est cette image qui a refait surface pendant que je cherchais Lina dans la cohue des arrivées. L'expression tourmentée de ma mère. L'air accablé de mon père, le seul que je reconnaissais puisqu'il était le seul à m'avoir reconnu. Signorelli j'étais, une fois pour toutes. Il n'y avait pas à en discuter. Ma véritable rencontre avec Moshé, celle qui devait compter, n'eut lieu que des années plus tard : j'approchais la cinquantaine. Lui allait mourir. Nous avions tenté de rattraper des bribes de temps, nous avions échangé des souvenirs, essayé d'en fabriquer de nouveaux ensemble, mais malgré nos bonnes volontés ce ne fut pas commode, et quand sa maladie l'avait emporté, il nous restait encore du chemin. Pourtant lui aussi était devenu mon père. Il s'était d'autant mieux coulé dans ce rôle tardif que Michel avait déserté la position, laissant le champ libre à Moshé pour substituer son Maroc à ma Tunisie d'adoption. Je m'étais intéressé à cet homme blessé. Je m'étais même pris d'affection pour lui dont j'appréciais le courage et les pudeurs. J'avais retenu son prénom juif, celui de ses parents — Mardochée et Fréha —, de ses ancêtres, leurs lieux de naissance, Fès, Ifrane, le moyen Atlas, le Tafilalet, après Tunis, Sousse, Sfax, Gafsa et le chott el-Djerid côté Michel. J'étais passé d'un père à l'autre, je les avais additionnés. Ma mère, elle, avait fait les frais de l'opération. Je l'avais encore reléguée au rayon des êtres en souffrance. Dans ma grammaire intime le masculin effaçait le féminin.

Soudain, alors que Lina devait se hisser sur la pointe des pieds pour me repérer, je m'en suis voulu d'avoir laissé mes parents repartir seuls ce soir-là. Mon père avait sûrement imaginé un programme pour me faire plaisir. On serait allés en auto jusqu'au môle d'escale, admirer les immenses cargos et leurs trésors de bois précieux éparpillés à même le sol, l'okoumé, l'acajou, l'ébène du Mozambique. C'était notre but de promenade, notre exotisme. Papa aurait encouragé mes jeunes frères à courir sur les billes de bois, sa main tendue empoignant celle de François puis celle de Jean comme une publicité pour une compagnie d'assurances qui vous accompagne à chaque nouveau pas dans la vie sur un air de Haendel. J'aurais pu d'emblée réconforter mon père et ma mère. C'était facile, à ma descente du train, de leur montrer que ma visite à Moshé n'avait rien changé, que je les aimais d'un amour sans condition. Au lieu de ça, j'avais pris plaisir à les faire douter, à leur laisser croire par mon mutisme que je pourrais m'éloigner. Ce moment de cruauté gratuite me saute à la figure. Je ne me reconnais qu'une excuse : j'avais dix-sept ans.

3

Lina se tenait devant moi.

Une fois encore sa petite taille m'a frappé, et les verres incongrus sur son nez, l'un clair et l'autre teinté. J'ai vu qu'elle ne me voyait pas. Quand elle m'a eu enfin repéré, ses traits se sont détendus. On s'est embrassés sans effusions.

— Pourquoi ces lunettes? ai-je demandé d'un ton sceptique.

— Tu n'as pas entendu ce que je te disais hier? Une diplopie qui m'est tombée dessus.

— Une diplopie?

— Je vois double. Mes yeux ne sont plus d'accord. Chaque œil voit bien mais quand les deux s'ouvrent en même temps, tout se trouble. À l'hôpital ils ont cherché sans répit. Des tumeurs, une trace d'AVC, un virus. Ils m'ont fait une batterie d'examens, le test du verre rouge et celui de Hess Lancaster sur le nerf optique. Rien trouvé. Ça va durer une semaine ou toute la vie, enfin toute la vie qui me reste, j'espère plus d'une semaine. En attendant, pas question de se laisser abattre!

Elle a ri de son petit rire toussotant. Coquetterie d'infirmière, elle aimait recourir aux termes médicaux dont le sens échappe au commun des mortels. Ce Hess Lancaster m'évoquait le Burt du même nom. À la voir pourtant, ça n'était pas du cinéma. Nous nous sommes dirigés vers le port à la recherche d'un café ouvert. Elle allait d'un pas hésitant, ma petite maman. «Je suis heureuse», répétait-elle de sa voix ragaillardie. Elle a attrapé mon bras et j'ai senti sa chaleur. Elle s'efforçait de marcher droit mais sa diplopie — il fallait que je m'habitue à ce mot — la faisait tanguer. Depuis combien d'années on ne s'était plus retrouvés rien que nous deux, sans la famille, sans les enfants ? En regardant ma mère, j'ai réalisé ce que je savais déjà. La petite phrase qui me poursuivait depuis Nice disait vrai. Je vivais comme si maman était morte. Je n'en parlais pas. C'était une idée qui flottait. Je la triturais, je l'apprivoisais. Maman est morte. Je jouais à me faire peur. Une mise à l'épreuve. Faire comme si. Un étau serrait ma gorge. Je savais bien que j'avais aimé ma mère, que je l'avais aimée intensément. Mais une force trouble m'en empêchait désormais. Un voile dans la région du cœur.

— Tu dois avoir faim, a dit Lina.

— J'ai mangé dans le train.

Elle s'est contentée de cette réponse et on s'est installés sur une terrasse des quais. Je me demandais ce qu'elle pouvait voir derrière ses verres à prismes censés réduire le dédoublement. Elle avait conservé un visage lisse. C'est à l'intérieur que les coups avaient porté. Et dans ses yeux diminués. On ne s'est rien dit de très personnel, rien sur la petite fille, rien qui fasse mal. Puis elle m'a expliqué pour la fameuse maison qu'il faudrait vendre maintenant que sa belle-mère était décédée. Je me suis concentré. Il fallait suivre.

Au printemps de 1972, le père de Lina avait quitté Madagascar en catastrophe après le coup d'État. Avec les économies qu'il avait sauvées, il s'était acheté une propriété du côté de Braud-et-Saint-Louis, près du caveau familial. À l'époque, Lina n'avait eu que ces informations. Elle était alors une femme épanouie de presque trente ans, épouse de Michel Signorelli dont elle avait eu deux beaux garçons sans rature à l'état civil. Le cadeau était inespéré, presque trop beau : maman récupérait son père qu'elle n'avait plus embrassé depuis ses quinze ans, la moitié de sa vie. Il se tenait devant elle, la denture étincelante. C'était un homme trapu avec des mains comme des battoirs, le teint cuivré, un éternel chapeau de broussard vissé sur son crâne dégarni, de petits yeux perçants derrière ses lunettes de soleil à verres miroirs, un visage buriné qu'éclairait l'argent de ses tempes. Il nous avait invités dans un restaurant de l'île d'Oléron d'où on voyait la mer, ses rouleaux blancs, les immenses plages de sable fin. Étaient présents mes oncles et ma mère, le cousin Debien, jadis fidèle compagnon de chasse de mon grand-père, des amis de Barbezieux, des inconnus.

C'était le début de l'été. On était hors du temps, hors de la vraie vie. 1972 marquait le retour du cavaleur prodigue. Je l'imaginais tombé d'un ciel tout bleu peuplé d'oiseaux bariolés. Il racontait mille histoires d'une voix chantante. Papy Jean exultait de revoir son pays sous le soleil. Et de revoir Lina. Surtout Lina. L'ancienne petite fille s'était assise sur les genoux de son père, l'enlaçant, le respirant, retrouvant la chaleur de son cou, le parfum de sa peau. « Redis-moi ton nom de madame ? » demandait-il à maman. Il la pressait contre lui avec ses grosses paluches. Elle pleurait. Des photos furent prises. Des Polaroid. Leurs deux visages étaient apparus comme par miracle sur la surface brillante, mais le plus miraculeux, après toutes ces années, c'était d'avoir réuni le père et la fille dans ce minuscule espace de papier. Mon grand-père s'était penché vers moi. « Tu sais que je te connais ? Je t'ai même entendu brailler quand tu es né ! » Lina l'avait traité de farceur. Il m'avait regardé, l'air très sérieux : « À Madagascar, il existe un étrange oiseau noir et blanc, le pétrel de Barau. Son cri ressemble aux pleurs d'un bébé. On s'y tromperait. La nuit de ta naissance, une bande de pétrels s'est posée sur l'arbre en éventail devant ma maison. Quand je les ai entendus, je me suis dit que tu étais né. » De Papy je ne connaissais alors que le goût des litchis qui arrivaient une fois l'an par avion dans un carton constellé de timbres multicolores représentant des danseuses flamboyantes ou de petits singes espiègles.

À la fin du repas, il avait sorti de son sac en similicuir un mystérieux cadeau enveloppé d'un film de soie. Lina s'était extasiée en dépliant une nappe d'une blancheur immaculée, brodée de fleurs rouges d'hibiscus. Mais au moment des embrassades, mon grand-père informa sa fille qu'il s'était remarié avec une femme de La Réunion à peine plus âgée qu'elle. Ce qui arriva après, je ne l'ai pas su. Les photos de Lina sur les genoux de son père finirent entre les mains de la jeune épouse qui posa ses conditions : ce serait elle ou Lina. Ce fut elle. Sur la route du retour, maman pleura en silence. Son instinct l'avait prévenue. Elle avait lancé les essuie-glaces alors qu'un grand soleil étincelait. La pluie était seulement dans ses yeux. Il pleuvait de grosses larmes sur le visage de ma mère, une de ces pluies tropicales qui éclatent le soir sur la grande terre de l'océan Indien. J'ai gardé ce souvenir d'un chagrin pareil à une inondation. Maman ne revit plus son père jusqu'à la nouvelle de son décès aux premières heures de l'an 2000, comme s'il n'avait rien voulu connaître du siècle qui s'annonçait. Tout ce temps, il avait vécu dans sa propriété de Charente avec sa seconde femme. Ma mère n'a plus parlé de Papy Jean. On n'a plus ressorti la belle nappe dont les fleurs d'hibiscus ressemblaient à des blessures.

J'ai dormi sur le canapé du salon. Le lendemain matin, Lina est apparue sans ses lunettes. Ses yeux étaient vides, anormalement fixes. Après un café serré, je me suis installé au volant de sa vieille Coccinelle et on est partis. À l'arrière, on voyait la route à travers le plancher. Mais Lina tenait à son auto bleu marine rescapée de ses années niçoises, aux souvenirs inscrits au compteur. La réparer n'était pas une dépense prioritaire. La lumière rasante du soleil me faisait pleurer. Moi aussi je voyais double depuis toujours. Enfant, si on me demandait « qui est ta mère », le visage de Mamie se posait sur celui de Lina. Preuve était faite par les Playmobil. À présent, si je cherche mon père, ce sont les traits de Michel et de Moshé qui se confondent.

Lina était heureuse que je sois là rien qu'à elle. Elle ne m'a pas demandé ce que j'avais fait à Nice. À coup sûr Betty Legrand l'avait appelée. La dame de soixante-quatorze ans que j'emmenais n'était pas ma mère. C'était une petite fille inconsolable que son père avait abandonnée, que son plus grand fils tenait pour morte. On roulait vers la Charente. La mémoire de Lina défilait le long de la route, le pôle Nord de son enfance. Des noms de patelins réveillaient une pensée, une tristesse, rarement un souvenir heureux. La course folle d'un lièvre. Le piqué d'une buse sur un mulot au milieu d'un champ nu. Il faisait froid mais le ciel ressemblait au printemps. Le chauffage de l'auto était détraqué. Les aérations envoyaient un souffle glacé. Lina a boutonné son manteau jusqu'au col. «Je n'ai pas grandi d'un centimètre», a-t-elle dit comme on entrait dans Barbezieux. Elle y avait vécu enfant avec ses parents, rue Victor-Hugo. Son père tenait le magasin de pêche et de chasse. Sa mère avait la haute main sur la maroquinerie. Son amie Jacqueline habitait de l'autre côté de la rue. Les deux fillettes se faisaient des grimaces par la fenêtre. J'ai demandé à Lina de répéter, je n'avais pas compris. Ses mots dans l'air froid. « Quand mon père est parti, j'ai arrêté de grandir. »

On s'est retrouvés au milieu d'une campagne verte et vallonnée. J'observais ma mère à la dérobée, son petit nez droit, ses taches de rousseur, ses cheveux terre de Sienne qu'elle prenait soin de teindre pour masquer les fils blancs. Elle voulait rester la gamine qui attendait son père, qui attendait son enfant face à la mer, ville de Nice, août 1960, seule et contre tous. Le temps s'était figé dans cette jeunesse qui n'avait tenu aucune promesse. Je l'entends me répéter sa phrase fétiche : « J'aimais la vie. C'est la vie qui ne m'aimait pas. » Le jour de ses dix-huit ans, elle avait passé son permis de conduire. Une semaine plus tard, elle avait acheté une auto à crédit. Un pot de yaourt japonais, c'est ce qu'elle avait trouvé de moins cher, avant la Dauphine. Elle s'en fichait pas mal d'acheter français. Sa liberté, c'était un volant pour me voler.

Pour me voler, tu me volas. La nourrice eut beau crier, te poursuivre dans la rue. Tu avais fini par me reprendre. Je verrais enfin ton visage, je sentirais ton odeur. J'entendrais le son de ta voix, et de ton cœur les battements.

4

On approchait. Je cherchais à quoi pouvait ressembler la maison du grand-père. Je redoutais ce qu'on allait trouver, plus encore ce qu'on n'y trouverait pas. Lina aussi, qui m'avait appelé à la rescousse. Le silence pesait dans l'auto. Des images sont revenues malgré moi. Je croyais les avoir oubliées. Je croyais surtout ne les avoir jamais vues. Elles m'assaillent telle une nuée d'insectes autour d'une lampe un soir d'été. Je ne sais pas les dater avec précision. Je suis assis à l'arrière d'une voiture qui fonce. Effondré sur le siège avant, mon oncle délire. Lina accélère désespérément. Petite maman lancée dans une course contre la mort. Paul a avalé des tubes entiers de cachets. Son cœur va s'arrêter d'une minute à l'autre. «Ne meurs pas!» supplie Lina. C'est devenu une habitude, ces rallyes infernaux pour gagner les urgences. Paul a incisé ses veines avec des lames de rasoir. Je reste seul dans la voiture. Tu disparais avec ton frère. Tu disparais. Tu ne reviendras jamais.

Je nous revois. Tu files dans ton pot de yaourt. Cette fois nous sommes joyeux. On est deux enfants. On s'en va. J'ai six ans. Tu as remporté un concours à ton travail. La secrétaire du patron t'a annoncé la nouvelle : «Vous pourrez partir une semaine avec qui vous voulez.» Incrédule tu as balbutié : «Avec mon fils ? — Bien sûr !» a répondu la secrétaire. Tu es rentrée à la maison et tu m'as dit, mon chéri on file rien que nous deux en Espagne, huit jours au soleil sur la Costa Brava. Tu ris, tu pleures de rire, tu pleures. Nous avons levé le camp au milieu de la nuit pour éviter la grande chaleur. On a roulé des heures depuis Bordeaux. Espagne, Costa Brava, ces mots bondissent dans ma tête. L'obscurité se dissipait dans le pinceau des phares. On a doublé des norias de camions, des semi-remorques interminables dont l'arrière ballottait de droite et de gauche. On avait peur de rester coincés derrière ces monstres, ou qu'ils nous projettent contre les rochers sur les routes de montagne. Puis tout est devenu paisible. C'était l'été, les vacances, nous deux pour de vrai. À Bordeaux je t'appelais toujours Lina. Passé la frontière espagnole, je t'ai appelée maman. Je m'enivrais de ce mot, maman. Il était plus magique que tous les mots magiques. Ces deux syllabes m'intimidaient encore, entourées d'un fil électrique invisible. Je gardais l'appréhension du début, quand je n'avais pas le droit d'être ton fils, ni toi ma mère. Ma sœur à la rigueur. Ta mère était ma mère. Paul une sorte de père.

On était mal partis, *madre mia*.

5

— C'est là, derrière les arbres.

L'auto s'est engagée sur une route cabossée. J'ai surpris le regard affolé de Lina. Elle a toujours manqué de confiance en elle. La confiance, ça vient avec l'amour qu'on a reçu. La maison est juchée sur un terre-plein. Un étang en contrebas. Des arbres fruitiers. Je suis déjà venu ici. C'était dans le temps longtemps, comme disait Papy Jean. J'étudiais le droit. Je ne l'ai jamais dit à Lina. Mon grand-père m'avait accueilli avec méfiance, croyant que tu m'envoyais l'espionner pour dresser l'inventaire de sa vie d'aventurier, ses bibelots chinois, ses pièces d'ivoire, ses émeraudes, l'énorme peau de crocodile vissée contre le mur du couloir. S'il avait su combien tu t'en moquais, de ses richesses. C'est lui que tu voulais, lui et rien d'autre. J'avais trente ans et des poussières. Il m'avait gardé une journée, m'avait montré ses sangliers. On s'était approchés du grillage. Il les avait attirés par des cris disgracieux, la langue tirée, «hun, hun!». La meute avait accouru. Papy Jean parlait couramment le sanglier, mieux que le langage des hommes, et des pères à leur fille. Il avait versé de l'aliment à travers les grilles. Puis il avait armé son fusil. « T'es beau toi, viens faire la balle. » Un bestiau peu farouche s'était approché. Les soies de ses cils et de ses moustaches lui donnaient l'air doux. Mon grand-père le tira entre les deux yeux. L'animal s'effondra lourdement. Puis il le chargea dans une brouette jusqu'au tuyau d'arrosage. En bon maquignon, il avait imbibé son pelage pour le gonfler d'eau. Il ferait meilleur poids sur la balance. Sur le chemin de sa maison, immobile derrière le grillage, un daim me fixait.

La grille d'entrée était ouverte. J'ai garé l'auto devant. On a fait à pied les quelques mètres qui nous séparaient de l'escalier en béton. Lina hésitait à chaque pas. On aurait dit qu'elle marchait exprès de travers. À croire qu'elle ne voulait pas y aller. Au pied de la rampe ce fut pire encore. « Je t'embête », répétait Lina d'une voix blanche, vexée de cette dépendance humiliante. Sur la gauche, un poteau de bois griffé de haut en bas ressemblait aux vestiges d'une potence, une chaîne en guise de corde. « Quand je suis venue, son singe était attaché ici, s'est souvenue Lina. Il a sauté sur le capot de ma voiture et s'est mis à bondir en hurlant, ses grosses lèvres rouges retroussées. C'était terrible, le bruit de la carrosserie piétinée, les hurlements du singe et le raclement de ses griffes. Tu crois que mon père aurait bougé ? Il assistait tranquille à la scène, du haut de son balcon, pas pressé d'interrompre le spectacle. À la fin, il a gueulé : "Jojo, suffit !" Il s'est décidé à descendre mais sans une excuse. Il espérait sûrement que cette petite démonstration m'ôterait l'envie de revenir. Plus tard, il a dû l'abattre, son Jojo. Je l'ai su par mon cousin Debien qui le visitait de loin en loin. C'était un chimpanzé jaloux et exclusif. Il n'aimait que Papy. En vieillissant, il s'en prenait même à sa femme. Un matin, Jojo s'est jeté sur le facteur. Il a réduit son uniforme en charpie, sa sacoche aussi, et le courrier de sa tournée. Mon père a fait la balle avec lui. La seule fois de sa vie où il a pleuré. »

Lina parlait de façon saccadée. Il ne faisait pas froid. Pourtant elle tremblait comme le jour où nous avions appris l'existence de la petite fille. Ça lui venait de l'intérieur, des spasmes irrépressibles. La directrice de l'agence immobilière lui avait dit où trouver la clé. Elle m'a demandé de l'attraper dans une cache près de l'auvent. J'ai eu envie de la réconforter mais je n'ai pas pu remuer mes bras. Je ne savais pas faire ça pour Lina. Sentir son corps contre moi, ce corps d'où j'étais sorti, restait au-dessus de mes forces. Je ne supportais pas qu'elle me touche. Je ne supportais pas de la toucher. Fichue tangente.

On est entrés dans la maison vide. Son regard s'était ranimé. Un fol espoir brillait dans ses yeux malades. Pensait-elle tomber sur son père qui l'aurait attendue depuis toute la vie sur un fauteuil à bascule, les pieds bottés dans la cheminée ? J'ai imaginé la scène, leurs sanglots étouffés, le voyage du temps, les couettes blondes de Lina tenues par deux élastiques, ses cris d'enfant, les regrets de Papy... Ce n'était pas le moment de rêver. Les talons de Lina résonnaient contre les dalles froides du couloir. Une vieille odeur de garde-manger flottait dans les pièces aux volets tirés. « Ouvre les fenêtres, ça sent la mort ici. » Je me suis exécuté. J'ai regardé Lina, les muscles tendus de sa mâchoire. Le soleil s'est engouffré par la baie vitrée qui donnait sur l'étang. Un rai de lumière a traversé le couloir. Une masse énorme recouvrait le mur, obscure et inquiétante. On a eu un mouvement de recul. C'était la peau du crocodile, intacte, étirée de tout son long, avec ses grosses écailles sur la queue. Je me suis approché lentement. Et, d'une main hésitante, je me suis mis à la caresser. Elle n'avait pas bougé depuis toutes ces années, à peine plus sombre et fendillée, toujours aussi souple. Vivante. Plus loin, sur une table ronde, trônait la gueule ouverte de l'animal, ses crocs qui jadis avaient déchiqueté une fillette au bord d'une rivière, avant que Papy Jean ne le tue lors d'une battue nocturne. Il avait visé la gorge à l'instant où le nez du crocodile avait soulevé l'avant de la barque. La bête à peine ramenée à terre, les villageois avaient découpé son ventre blanc. De la petite, on n'avait retrouvé que la chaînette en or à son poignet broyé.

On a poursuivi notre exploration, les chambres, la salle de bains, un autre couloir. Le papier peint se décollait dans les coins. Il représentait des scènes de chasse, des gerbes de fleurs aux tons pastel fatigués. « Le beau-fils de mon père a tout vidé », a lancé Lina. Je la voyais qui furetait en tâtonnant, fichue diplopie, à la recherche d'un je-ne-sais-quoi qui l'aurait rassurée. On est tombés sur un massacre de sanglier, une grosse tête féroce qui surplombait la cheminée du salon, ses dents géantes braquées vers le ciel. « Enfant, j'en avais peur. » Sur une commode restaient la sculpture d'un buffle en bois blond et deux autres crocodiles, miniatures ceux-là, découvrant leurs rangées de dents effilées. « Mon père les avait expédiés à Paul par avion. De l'ivoire taillé. Un jour, j'ai glissé mon petit doigt. Une pointe est entrée profond dans ma chair. J'ai couru à travers tout l'appartement en criant qu'un crocodile m'avait mordue ! »

À cet instant sa douleur est intacte.

6

Tu trébuches, tu titubes. Tu cherches sur les étagères, dans les commodes et les buffets, dans les tiroirs, dans les panières à linge, dans les corbeilles à papier. Tu cherches une lettre, un mot, un indice. Quelque chose. Tu cherches une trace de toi. Tu cherches l'amour de ton père. Son amour envers sa fille unique. Il doit bien être quelque part. Tu le cherches avec méthode. Tu le cherches comme on chercherait une preuve. Une délivrance. Un objet qui fait foi.

Tu t'es précipitée vers une table en merisier encombrée de paperasses. Tu as ouvert si nerveusement une vieille boîte à biscuits que tu t'es cassé un ongle. Soudain ton visage s'est illuminé. Ce sont des photos, des dizaines de photos. Tu découvres des couples, des enfants, des gens moches. Des étrangers. Tu ne reconnais personne. Tu reprends chaque photo une à une. Ce n'est pas possible. Tu as dû aller trop vite. Non, rien. Personne. Tu ne trouves aucun signe que tu as existé dans sa vie. Tu n'as pas existé. Il n'a pas eu de fille. Pas eu de petite fille, de ma chérie. L'angoisse te reprend. Tu as besoin d'air. Ton regard me dit, partons d'ici. Enfin mes bras obéissent. Je te serre contre moi. Je te serre, petite maman. Tu te blottis. D'abord j'essaie de garder une distance. C'est toi que je garde. Plus je te serre et mieux je respire. Je suis ton petit garçon. Je sens battre ton cœur dans ma poitrine.

C'est la première fois.

Puis tu descends les escaliers de la maison accrochée à moi. Tu te tais. J'ai refermé la porte, tu es trop nerveuse pour glisser la clé dans la serrure. Tes doigts me saisissent. Une marche, deux marches. Tu t'arrêtes brusquement et tu fais demi-tour. Nous remontons. Tes yeux vides, à nouveau. Tu veux que je rouvre la maison. Dans le couloir, d'un pas qui valse, tu fonces vers la peau du crocodile.

— On l'emmène.

— Ce cadavre?

Tu hoches la tête. « Oui, ce cadavre. »

Je n'entendrai plus le son de ta voix jusqu'à la fin de l'opération. J'ai déniché un cruciforme dans le tiroir du buffet. Je t'ai avancé un vieux fauteuil éventré. Tu prends place et tu attends en silence. Je sens que tu te calmes. J'ai commencé par le haut. Les vis enfoncées dans les plis des pattes avec leurs énormes griffes, puis dans les plis des écailles. Le bourrelet du cou. La large queue. Quand la peau tombe lourdement à terre, je me demande comment la faire entrer dans ta voiture. Ton sourire. Je ne t'avais pas encore vu ce sourire. Un sourire indéfinissable. Cruel et satisfait. Une énergie insoupçonnée te traverse. Tu as repris du poil de la bête. Tu te dresses pour aller chercher une bobine de ficelle au garage. Tu marches au bord d'un gouffre. Tu as refusé mon aide. J'ai eu peur que tu ne tombes mais non, tu es réapparue, solide, concentrée. Tu t'appuies sur un bâton que tu as déniché je ne sais où. Tu as aussi remonté un bocal de cerises à l'eau-de-vie. Un enfant contre ta poitrine. Ce que tu trouves de ton père, tu le prends. Tu ne rates rien de la manœuvre. Maintenant la dépouille s'étale à nos pieds. Quatre bons pas pour la parcourir. Trois mètres de long de l'encolure à l'extrémité. Sans compter la tête lestée de ciment. Les crocs saillants. Je roule le cuir. Il résiste plus qu'un tapis persan. Je bute sur la queue, à cause des écailles. La ficelle me cisaille les doigts quand je soulève l'étrange trophée. Tu es partie devant ouvrir le coffre. Tu marches comme on danse, une danse de Saint-Guy. Une danse de victoire, une danse primitive. La bête pèse son poids. J'avance pas à pas. Que vas-tu en faire ? Une descente de lit, un grattoir pour les pieds, une malle de voyage ? Je ne te pose aucune question. Je m'exécute. Il te fallait quelque chose de lui, de Papy Jean. C'est venu comme ça. Un coup de tête. La peau d'un croqueur de petite fille, sa gueule béante.

Ce croco, c'est ton père.

7

J'ai repris le volant. Nous roulons droit devant nous. Tu ne m'as pas dit où nous allons. C'est l'envie qui invente la route. On a tout le temps. À l'arrière, la gueule ouverte du crocodile. Si un flic nous arrête, on dira quoi ? On éclate de rire. Tu pleures de rire. Des larmes de crocodile. Nous sommes ensemble. Nous n'allons plus nous arrêter. On descend vers le Sud, on remonte les années. Il en faut des traumatismes, petite maman, pour transporter un croco sur la banquette arrière avec des airs de meurtriers.

Ton père, on lui a fait la peau.

Tu ne veux pas rentrer chez toi. On roule sous un ciel clairsemé d'oiseaux. Le silence est tombé entre nous, il a laissé un grand trou. Nous nous sommes tant manqué. J'avais pensé, toutes ces années sans se voir ou presque, ce n'était pas la mort à boire. J'avais tort. Où allons-nous ? Il faudrait décider. Le soleil verse des mirages bouillants sur les flaques de bitume. La route est déserte ce matin. On a laissé Royan, les souvenirs de Royan, les étés brûlants de Pontaillac, les sorties en bateau vers Cordouan, les sorbets du glacier Judici qui fondaient le long des cornets, je détestais avoir les mains collantes.

Je ralentis. Nous laissons nos vies tracer leur chemin. Tu as dit :

— Nice, on retourne à Nice.

Le temps rétrécit les maisons au lavage. La mémoire voit les choses en grand. L'enfance les repeint en bleu. Je me souviens de l'été 1970. Nous avions quitté Bordeaux pour La Rochelle, le noir et blanc des Chartrons pour l'Océan scintillant. Je ne t'avais jamais vue aussi rayonnante. Ton sourire éclaboussait nos jours. Vous vous étiez unis avec Michel ce fameux samedi enneigé de la Saint-Valentin. Un oui pour un nom. La vie démarrait enfin. J'avais un père tout neuf venu de Tunisie. Un nom qui claquait dans le soleil, Signorelli. Michel, que je n'osais encore appeler papa, avait trouvé une location dans ce village de Nieul-sur-Mer qui ne tarderait pas à devenir le centre du monde. Trois petits mots qui auguraient de vacances perpétuelles. Le bonheur coulait à flots. Notre maison blanche ne possédait aucun cachet particulier. Son style, j'en suis sûr pourtant, était Renaissance. Une renaissance discrète et sobre, sans escaliers de Chambord ni grand tralala. C'est le premier été où je porte ce nom à consonance sicilienne, Signorelli. Le premier été avec un père à demeure. Le premier été en liberté au bord de la mer. Une saison qui va durer dix ans.

Changeant de nom, j'ai changé de peau. J'ai pris le teint mat de mon père. En m'adoptant, Michel a hissé en moi ses couleurs. J'ai soudain la Tunisie en héritage, mélange de sable et de Méditerranée. Une histoire plus grande que moi, aux ramifications insoupçonnées. Ma nouvelle vie me rend hypermnésique. Je n'en perds pas une miette. Je veux me souvenir de tout. Notre petite maison est bien plus qu'une maison. C'est une patrie. Toi tu t'effaces, trop heureuse de m'avoir donné un père qui se laisse appeler papa. Tu as dévié vers lui mon amour pour toi. Tu es soulagée de me voir devenir un Signorelli plus vrai que nature, zélé en diable à camoufler sa bâtardise. Tu veux que je m'intègre, que je ne souffre pas d'être différent. Tu ne dis rien, dans la rue, quand un inconnu me trouve une ressemblance avec Michel. Au contraire, tu renchéris. Tu te sens confortée dans ton choix. Un père de Tunis, un fils de Nice, qui verrait à y redire ? Nous avions quitté la petite maison blanche depuis longtemps quand tu as rompu les amarres pour une autre vie. Moi je garde un collier de villages pendu au cou de mon enfance. Je prononce leurs noms à voix basse, Nieul, Saint-Xandre, Lauzières, L'Houmeau, Marsilly. Aussitôt dans la nuit de ces noms renaissent des visages, des voix et des rires, la sensation du vent salé sur ma peau.

La route est un long toboggan. C'est la douce campagne que nous aimons, les ciels pommelés de Charente avec leurs faux airs de Toscane. Nice, tu es sûre ? On n'y est jamais allés ensemble. Toutes ces choses que nous n'avons pu partager. Nous traversons Saint-Savinien, un bourg endormi derrière les années. Vous aviez des amis ici, une famille parfaite, eux étaient beaux, leurs enfants blonds. Leur maison nichait au milieu des arbres, le vent faisait bouillonner le feuillage des grands châtaigniers. Il régnait une paix imprenable dans cette propriété sans prétention. On y arrivait par une voie sinueuse qui se perdait à travers champs. On coupait le chemin de fer avec sa barrière amovible qu'une grand-mère relevait à la main. C'était là, en sortie de virage. On se garait devant une grange. Des moutons broutaient un pré couvert de hautes herbes et de fleurs sauvages. J'ai gardé le doux éclat des dimanches où ils nous recevaient en témoins de leur bonheur. Les soirs de printemps ils cueillaient une brassée de tilleul qui tombait dans un drap blanc. Tu n'as rien dit en passant devant les volets clos. Je t'ai demandé si tu avais des nouvelles. Tu as répondu : « Pas depuis qu'ils sont séparés. » Je revois les taches de lumière dans le jardin ombragé. Je sautais de l'une à l'autre sur cette marelle menant au ciel. J'avais envie d'appartenir à cette lumière-là. Une vérité dormait dans nos après-midi de Saint-Savinien, j'ignorais laquelle, une vérité toute simple, la joie d'être ensemble et que ça ne s'arrête jamais.

Je roule sans à-coups. L'entre-deux-mers, le vignoble à perte de vue. Une aquarelle. Je poursuis mon récit sans être sûr que tu m'écoutes. Impression que ma voix te berce, que des images naissent dans ta tête, des feux d'artifice de village, le 14 juillet. Le temps passe, le bonheur s'installe, petite maman. La maison de Nieul baigne dans le ronron sonore d'une caméra super 8 que vous m'avez offerte pour mes treize ans. Le moteur vibre contre ma joue pendant que je presse la détente. C'est une arme contre la perte de mémoire. Du 8 millimètres.

Dans le boîtier j'ai glissé une cartouche rectangulaire. Après développement — une semaine interminable —, elle deviendra une fine galette jaune emplie de nous. Nos vies sans parole. Pas besoin de mots pour saisir la joie. Tout à coup Michel se précipite à l'extérieur de la maison. Il te porte dans ses bras. Tu te cramponnes à lui. J'entends vos éclats de rire muets. Votre jeunesse éclabousse l'écran. Confidence d'un ami, bien après. «Tes parents, c'était le plus beau couple de La Rochelle.» Combien de fois depuis ai-je visionné en boucle cette séquence silencieuse. Je vous regarde sortir sans fin de la maison, enlacés et insouciants. Vous êtes vivants. Vous n'arrêtez plus d'être heureux.

Les panneaux indiquent déjà Bordeaux. Nos esprits restent accrochés à Nieul-sur-Mer. La lumière est éblouissante, l'air léger. Notre maison et celle des Paré, les propriétaires, sont deux continents qui ont renoncé à s'éloigner. Quand tu as besoin d'un œuf, de farine, d'un conseil de cuisine, cuisson des langoustines, nettoyage des moules, tu vas chez Guiguitte la voisine. Pareil pour téléphoner. Après la communication, on dépose quelques pièces de monnaie dans un pot de confiture vide et ça fait le compte, un bruit joyeux de métal. C'est mieux que de corrompre un ange. Les pièces sentaient-elles la groseille, l'abricot, la rhubarbe ? Je revois ces allées-venues permanentes entre chez nous et chez eux. Lina en petite robe, des reflets mordorés dans sa chevelure. Un matin, en chemin, je suis tombé. Je ne courais pas. C'est la terre qui a tremblé. On a dit dans le poste que l'île de Ré serait submergée par un raz-de-marée. On n'a pas bougé. Dans ma petite tête, la catastrophe annoncée ressemble à un gros rat. Personne ne me corrige ni ne se moque. J'ai le droit d'être un enfant.

Dans ma chambre, j'organise des projections. Discrètement tu nous montes sur un plateau des tasses de chocolat fumant, ton gâteau à l'orange dans son moule rond, des parts généreuses imbibées de jus frais avec sa pulpe, et rehaussé de sucre brun. Quand j'introduis la bobine à l'extrémité en biseau, un bout de sparadrap sur le couvercle indiquant au feutre le nom du film — course dans le jardin, partie de ping-pong ou tournage d'un *Arsène Lupin* —, l'excitation est à son comble. Tu luttes pour garder ton sérieux. Mais soudain ton visage se fige et s'éclaire d'une lueur rousse. Le projecteur émet des sons inquiétants. « Ça brûle ! » crie une voix. Le film s'est coincé. Ton visage se tord affreusement et disparaît en fumée. Je me retourne vers toi. Tu as disparu. Nous avons disparu. Le temps est un grand feu. J'ignore où est passée ma caméra. J'ignore ce que nous sommes devenus.

Parfois une ombre traverse ton regard, ta voix est moins assurée, mais tu te reprends vite. Papa rentre tard. Les écarts conjugaux, tu mets ça dans ta poche et ton mouchoir par-dessus. Il finit toujours par revenir. Tu tiens bon, tu ne bronches pas, tu mets directement ses chemises au sale sans respirer le poison d'autres parfums, tu te dis que c'est dans le sang des hommes, et plus encore des hommes d'Afrique du Nord, cet appétit insatiable des femmes. Tu fais bonne figure, avec tes trois garçons.

C'est chaque jour la liberté. Des copains, des vélos, des gaules en bambou, la mer, les marais, le vol au ralenti des hérons, les lance-pierres, les nids d'oiseau tapissés de duvet, les plumes de geai au bord des fossés, le rouge des tuiles dans le bleu violent du ciel. Tout ça, c'est toi qui me l'as donné. Fils ingrat qui n'en fait crédit qu'à son père. Il faudrait penser à te dire merci. Nous formons une petite bande avec le fils du Polack, les frères Gaby et Nono Granger de la rue Haute, Julien l'arpète du menuisier, Severio que j'ai connu à l'école, il trafique les mobylettes, leurs pots d'échappement qui font un bruit de Kawasaki. Il a toujours les ongles noirs, un blouson épais sur le dos même quand il fait chaud.

Tu me demandes de continuer. Il te plaît, mon récit, si j'évite de trop parler de papa. Et Nice est encore loin.

Nieul, la campagne couleur de miel. Les lumières sont douces, je pédale dans un tableau champêtre. Mon ombre me dépasse. Bientôt cinq heures. De ma sacoche de guidon j'ai extirpé un sachet. Devant moi un roncier noir de mûres. Je plonge à pleines mains dans les grappes défendues par une armée d'épines. Je m'avance toujours plus près de mon butin tiédi par le soleil. Parfois une mûre éclate entre mes doigts. Un jus violet colore le bout de mes phalanges, semblable à l'encre de l'état civil. Les épines trouent mon tee-shirt, m'arrachent de petits lambeaux de peau. Un taon s'est posé sur mon genou. Je m'en fiche pas mal. De lourdes mûres courbent une branche de ronces. Pas question de les abandonner aux piafs. Mon sachet s'alourdit. J'observe les fruits tout au fond, leurs perles anthracite. Les moins mûrs ont des reflets rouges ou rosés. Mes mains picotent, mes cuisses aussi, mes chevilles plus encore. Je suis écorché de partout. J'ai piétiné des orties. Je suis heureux. Je pense à toi. À la tête que tu feras quand je déverserai ma razzia dans la cuisine. À tes petits cris de joie. J'ai onze ans douze ans treize ans, que demander de plus ? J'imagine les confitures que tu vas préparer. Je brandirai mes sachets pleins à craquer. Je connais la scène par cœur. Ton visage va s'éclairer. Tu attraperas un saladier, le rempliras jusqu'à ras bord. Tu sortiras la balance et t'extasieras, pendant que je trépignerai en attendant le verdict de la pesée. Presque deux kilos ! Tu laisseras les mûres dégorger jusqu'à demain, protégées par un linge blanc qui prendra un ton lie-de-vin. Je résisterai à la tentation d'en chiper au passage. Tu calculeras le même poids en sucre. Ma récolte finira dans une bassine de cuivre moussant d'écume noirâtre. Puis dans les bocaux fermés par des rondelles de paraffine, au milieu d'une odeur sucrée de cuisson. Ensemble on s'attablera pour goûter un échantillon de confiture dans un bol. Chacun sa petite cuiller, ses morceaux de pain à tremper, son yaourt frais préparé du matin avec le lait crémeux de la ferme voisine. Nos sourires par-dessus les tartines.

Nous approchons de Saint-André-de-Cubzac. Reflets de Dordogne sous le pont Eiffel et ses poutres en treillis. Pieds de vigne emmitouflés contre les écharpes de givre. C'est toi qui me rafraîchis la mémoire. Un jour de fête des Mères, une pièce de un franc en poche, j'ai poussé la porte de tous les fleuristes de La Rochelle avec une idée fixe : t'offrir une plante. Derrière son étal du marché, une vendeuse attendrie m'a emballé un caoutchouc déjà robuste dans son cache-pot en papier plissé, pareil à une jupe de kermesse. Elle a refusé ma pièce et, pour tout paiement, m'a réclamé un baiser. Partout où tu as vécu, des années durant, tu as gardé mon caoutchouc à un franc, c'est le nom que tu lui avais donné. Tu me montrais combien il s'épanouissait, tu me prévenais quand il sortait une feuille vert tendre. Si tu déménageais, et après la mort de papa tu as souvent déménagé, je vérifiais que ma plante était devenue l'étalon de l'amour qu'on se portait à distance. Le signe qu'un jour je t'avais aimée sans compter.

8

On a traversé Villenave-d'Ornon. Puis Le Pont-de-la-Maye, Hourcade, Courréjean, Chanteloiseau. Des noms si familiers autrefois. La banlieue de Bordeaux. Des nappes de brouillard flottent sur la route. Il est midi. Tu n'as pas faim, alors on trace. Mes mains se sont raidies sur le volant. Une présence s'insinue, imperceptible. À la sortie de Villenave, tu as évité de regarder sur la droite, là où Paul et son ami Roger, il faudrait dire son compagnon, avaient leur terrain. Au printemps de 1969, ils s'en étaient vu pour monter des serres d'occasion achetées en Hollande. Paul s'était souvenu qu'il avait un père absent. Son père s'était souvenu qu'il avait ce fils différent. Il avait envoyé un mandat de Madagascar pour financer le matériel d'horticulture. Paul revivait. Plutôt, il vivait pour la première fois. Construire son avenir avec ses mains, il n'y aurait jamais pensé. Les serres installées, il m'avait réquisitionné pour l'aider à badigeonner les vitres à la peinture blanche, ça éviterait aux plantes de brûler sur pied. Les dimanches matin, on prenait le fourgon pour aller couper des fougères dans les sous-bois. On pique-niquait sur un tapis d'aiguilles de pin, dans le silence de la forêt. Le soir on s'arrêtait dîner chez un routier que connaissait Roger, au bord de la nationale. J'avais droit à un fond de rouge. Paul s'était laissé pousser d'épaisses moustaches dont les bords trempaient dans son vin quand il levait le coude. Je ne l'avais jamais vu aussi joyeux. Il parlait du stand qu'ils monteraient aux Capucins, ce serait le plus beau du marché. Ils vendraient de la fleur coupée qu'ils iraient chercher dans le Midi, à Ollioules, et aussi de petites plantes en pots, les poinsettias à étoiles rouges et les saintpaulias violets qu'ils feraient pousser dans leur palais de verre, les renoncules de saison, les jacinthes, les cyclamens et les pensées, je me demandais comment on pouvait vendre des pensées. De retour aux serres, je me hissais sur les toits pour répartir les branches de fougères. Paul disait que j'étais un chat. L'ombre épaisse du feuillage amortissait le pilon du soleil. À l'intérieur, il faisait chaud et moite. Une odeur végétale prenait à la tête, et aussi le tchouc-tchouc de l'arrosage automatique. On voyait une rainette sauter, des escadrons d'abeilles, la danse d'un bourdon. Paul ne parlait plus de mourir.

Tu m'écoutes pendant que j'évoque ton frère disparu. Il n'avait pas son pareil, sur les Capus, pour composer des gerbes uniques. Une fois par semaine à minuit, Roger et lui quittaient Bordeaux à bord de leur fourgon pour Ollioules. Paul retrouvait la magie de la Côte, la palette sans cesse renouvelée des saisons. Le chômeur dépressif aux mains soignées, sauf ses ongles rongés au sang, avait gagné ses galons d'horticulteur. Sa métamorphose, il la devait à ce diable de Roger. Un diable pour Mamie qui prenait sur elle. Le bonhomme était rustaud. Un petit pot à tabac toujours levé à l'aube, qui carburait au café noir et à la gitane sans filtre, puait le bouc et toussait gras. Il avait été marié, était père de trois filles. Pour Paul il avait viré sa cuti. Ils avaient emménagé près de leurs serres de Villenave, dans un préfabriqué d'exposition qu'avec génie ils avaient transformé en folie rococo. Roger réservait l'eau aux fleurs. À lui il fallait du rouge, épais de préférence. Paul suivait le mouvement, avec l'assurance du bonheur enfin apprivoisé dans les frimas des Capus où, au début, on charriait Roger et «sa nouvelle femme». L'idylle avait tenu ses promesses. Des années de réussite éclatante, de projets, d'amour tendre au mépris des ragots. Puis tout s'était déglingué. Avec le temps, Roger avait mis de moins en moins d'eau dans son vin. On racontait aux Capucins que, parfois, ils en venaient aux mains. Paul prenait les coups sans broncher. Il ne voulait pas que ça finisse avec Roger. Il voulait seulement qu'il lâche la bouteille. Qu'ils partent au soleil se reposer. Oublier un peu le fourgon, les serres, l'Urssaf. Le répit ne durait pas. Roger se remettait à boire, Paul à trinquer. Le stand des Capus perdait son âme. Chez les concurrents on se frottait les mains. «La queue a désenflé chez les tantouses», ricanaient les envieux qui savouraient leur revanche. Il devait ne plus rien voir, ne plus rien sentir, mon oncle aux abois, quand il décida d'en finir. Les comprimés de toutes les couleurs ont dû lui rappeler ses plus beaux bouquets. Ce cocktail de médicaments, ce fut son dernier feu d'artifice.

On s'éloignait de Villenave-d'Ornon. Je t'ai demandé ce qu'il lui avait pris, à Paul, de vouloir mourir tout le temps. Tes paroles me le rendent. Je revois son cou maigre avec sa pomme d'Adam pointue qui plonge et remonte comme un bouchon de pêcheur. Ses menaces ne me faisaient pas peur quand je le chahutais. Il criait : « Éric, si tu continues, tu vas recevoir une giroflée à cinq pétales. » C'était sa manière à lui de me promettre sa main sur la figure. La menace restait toujours en l'air. Je revois aussi son crâne déplumé malgré tous les traitements capillaires dont il l'entourait pour retenir le peu qu'il lui restait. Tous les mois un nouveau produit miracle perçait son porte-monnaie. Sans résultat. Sa consolation, il la trouvait chez les tireuses de cartes, les Gitanes de Mériadeck qui l'attiraient dans leur roulotte. Contre un beau billet de cent francs, il achetait en veux-tu en voilà des promesses de bonheur. Il rentrait les yeux illuminés, convaincu de sa fortune à venir qui l'attendait sur les tickets de loterie nationale, toujours perdants. L'as-tu suivi chez les Gitans, quand tu espérais encore retrouver Moshé, rencontrer l'amour, et un père pour ton fils ?

— Non, jamais. Les cartes, la bonne aventure, très peu pour moi.

Ta voix que je n'attendais pas. Je roule et tu veilles aux souvenirs.

Au bout du compte tu n'as jamais cru en rien ni en personne, et si peu en toi. Tu murmures le nom de Paul. À la fin, aux Capucins, il trimbalait son mal-être entre les bottes de tulipes et les pots de freesias. Dieu merci

— tu as cette drôle d'expression —, ta mère n'a pas assisté à sa déchéance. Elle avait déjà succombé à Saint-André. On a dit une messe pour Paul, quelques *amen*. Ses amis ont déposé des fleurs artificielles près de son cercueil, parce que ça durait plus longtemps. Paul aurait préféré de vraies fleurs, même cueillies dans un fossé. Il était arrivé à ce qu'il voulait depuis ses vingt ans. En finir. Avoir la paix.

L'ombre de Paul nous sépare, à moins qu'elle ne nous rapproche. Il fut mon premier père, le seul homme jusqu'à mes dix ans, un père par défaut, un père comme une tante, m'avaient jeté à la figure des copains qui cessèrent de l'être, du temps de Caudéran.

Cette histoire ne passe pas.

Tu savais bien comment ça finirait.

Tu restes la petite fille terrorisée qui fonce vers l'hôpital et crie Paul, ne meurs pas !

9

La forêt des Landes dresse sa barrière sombre qui ferme le ciel. Nous avons souvent roulé dans cette direction, quand tu as connu papa. Je me suis arrêté dans une station au bord de la nationale. Une petite station proprette où un pompiste ganté vous demande pour combien d'essence et qui s'exécute en gestes précis, avec aux lèvres un commentaire sur le temps qu'il fait et le temps qu'il faut pour atteindre la prochaine ville. Il a l'art de stopper le pistolet sur un chiffre rond au compteur, quarante-cinq litres et pas un millilitre de plus, ce qui s'appelle aimer son métier. Je le regarde qui nettoie le pare-brise avec une grosse éponge. L'eau savonneuse mousse, puis il sèche le tout avec sa raclette au rebord caoutchouté. On se croirait revenus en 1960, petite maman endormie. Tu as toujours eu des problèmes de sommeil. Il te fallait des comprimés près de toi pour te rassurer, même si tu n'y touchais pas. Ils étaient sagement rangés dans une petite boîte, près d'un verre d'eau. J'avais peur que tu ne fasses comme Paul, avec ta façon de renvoyer ta tête en arrière d'un coup brusque pour avaler tes somnifères. Le pompiste m'a vendu deux sandwichs au jambon de pays, quelques fruits, des biscuits et de l'eau. On tiendra jusqu'au dîner.

De nouveau la forêt. Puis les hampes d'arrosage du maïs qui attendent l'été. D'immenses clairières laissent voir la terre blonde. On roule.

— Regarde ce troupeau !

Ton doigt tapote contre la vitre. Tu t'es redressée sur ton siège.

— Quel troupeau ?

— Là, les daims. Leur robe brune. Comme j'envie leur liberté !

— Maman il n'y a pas d'animaux.

— Si, je te dis, là-bas, des daims.

— Des daims, oui, j'ai répondu sans conviction.

Tu ne les vois pas, tu voudrais les voir. Ce serait un spectacle plus joli que la peau d'un crocodile, les daims qui te rappellent ton père.

— C'était ses animaux préférés, je crois…

Ta phrase est restée en suspens. Une hallucination ? Papy Jean raffolait des daims. Il ne se lassait pas de les regarder courir à travers chemins et buissons. Le jour de sa mort, tu étais en excursion avec des amis dans l'arrière-pays niçois. Entre deux amas rocheux, non loin d'un chemin, tu avais vu galoper un beau mâle avec ses bois plats et palmés, son pelage roussâtre. Puis il s'était immobilisé. Tu aurais juré que l'animal t'avait regardée de ses grands yeux doux.

J'ai réservé deux chambres dans une auberge-hôtel entre Toulouse et Nîmes. On est hors saison. Il y a toute la place qu'on veut au parking. Les gens ont dû se demander quel était ce couple bizarre et sans bagages. J'ai trouvé un plaid dans ton coffre, assez large pour recouvrir la peau du croco. Quant à la tête, je l'ai abritée sous le parasol qui ne quitte pas ta voiture. Je fais avec les moyens du bord. Tout à l'heure, tu dormais déjà, j'ai acheté quelques affaires de toilette. En roulant bien demain matin, nous serons à Nice vers l'heure du déjeuner. Nous irons dans la vieille ville, pourquoi pas à La Merenda, ou sur la plage. Dire que je ne suis jamais allé à Nice avec toi.

10

Cette nuit de sommeil t'a redonné du tonus. Tu as pris un thé, un yaourt nature. D'habitude tu n'avales rien le matin. Tu prétends que c'est grâce à moi, cet appétit retrouvé. Parce que je suis là. Tu ris de toi en serinant que tu es une petite vieille de bientôt soixante-quinze ans. Mais qu'est-ce que le temps? Ton père aura au moins réussi l'exploit de nous réunir. Le soleil se lève en rase-mottes. Tu as chaussé tes lunettes noires par-dessus tes verres à prismes. J'ai envie de te dire que tu ressembles à une grosse mouche, à ce général polonais qui avait envahi nos écrans au temps de Solidarność, mais tu n'apprécie-rais pas mon humour. Nous avons laissé Nîmes derrière nous. La Méditerranée nous ouvrira bientôt ses bras. Je suis pris d'une sorte d'ébriété. J'égrène le passé pour le plaisir de t'entendre encore t'esclaffer : « Mais tu te sou-viens de ça ? » Tu m'écoutes, incrédule, te raconter comment tu étais habillée le jour de ton mariage. J'étais là. Tu portais un ensemble jade avec une robe qui remon-tait au-dessus du genou, dévoilant un peu de tes cuisses et tes chevilles toutes blanches. Tu avais les cheveux mi-longs et ambrés, des mèches dansaient sur tes épaules, et toujours tes taches de rousseur constellant tes pommettes, ton sourire inquiet ce jour de promesse, dire oui comme on se jette à l'eau. J'avais assisté à tes préparatifs. Je tenais à ne rien manquer. Je t'observais pendant que tu apprêtais ton visage dans la glace. Le pinceau à rimmel, la poudre à joues, l'art de précision pour noircir le pourtour de tes yeux et peindre tes lèvres écarlates après les avoir pincées — ta bouche n'était plus qu'un trait. Tu avais fait une moue appuyée puis tu t'étais souri. Un drôle de sourire carnassier avec du rouge sur l'émail de tes dents. Plus tu te maquillais et plus tu étais pâle. Était-ce un effet de mon imagination, ou le signe que devenir une madame te vidait de ton sang ? En vérité j'avais peur pour toi, j'avais peur pour nous, peur que tu m'abandonnes au profit de ta nouvelle famille. La naissance de mes frères dissipa mes craintes. Tu avais les gestes sûrs d'une chatte avec sa portée, le bonheur avait élu domicile dans la maison blanche de Nieul, se le dira-t-on assez ? Rien ne nous serait arrivé de grave si nous étions restés chez les Paré, à l'abri du monde et de ses dangers. Notre famille n'aurait pas volé en éclats. J'ai envie de le croire. Et papa, aurait-il eu l'idée de glisser dans sa bouche le canon de son fusil ?

Tu as mis la radio. « Avec le temps… Avec le temps va, tout s'en va. »

Les paysages défilent devant nos yeux, se dénudent et s'aplatissent. Immensité des vergers en dormance. Des hommes et des femmes armés de sécateurs préparent le printemps. D'autres consolident les palissages, grattent, traitent, plantent, bouturent, brûlent les feuilles mortes, coupent les vieux bois des cassissiers. Les troncs des pêchers ont été badigeonnés d'argile blanche. Les arbres les plus fragiles disparaissent sous leurs voiles d'hivernage. Impression de longer des champs de bataille peuplés de spectres.

« Avec le temps... on oublie le visage et l'on oublie la voix. »

— Vraiment, petite maman, tu as oublié où je suis né ?

— Vraiment, mon grand.

Je te raconterai plus tard ce que m'a confié Betty. Tu prends tes aises. Tu te recoiffes dans le miroir de courtoisie. On est dans un film de Scola ou de Dino Risi. Mieux que ça : on est dans notre vie. Lina dans sa vie, moi dans ma vie, et soudain c'est la même vie. Tu baisses le rabat, à cause de la lumière. Tu veux être belle et reposée pour ton entrée à Nice. *Nissa la bella*, c'est toi.

La route étire notre histoire. Je me souviens de ces jeudis après-midi où nous avions un château rien que pour nous. Je n'y suis jamais retourné. Il ne serait pas aussi beau que dans mes rêves. Ta société de vins s'appelait Alexis Lichine, et je cherchais vainement dans les traits de ton patron les yeux bridés d'un Chinois. Il t'avait confié l'accueil dans une galerie de peinture au château Lascombes, une de ses propriétés à Margaux. Je déambule dans les pièces immenses aux parquets luisants, avec accrochés au mur des portraits de personnages sévères, des chevaliers, des images d'incendies dans la lande, de flammes orange, de chuchotis des visiteurs qui se retrouvaient en quelques pas dans l'intimité d'un chai à déguster l'excellente cuvée 1966. Je me souviens aussi d'un après-midi dans une gentilhommière du Bordelais, un vaste jardin entouré d'une allée de graviers. La maîtresse des lieux s'appelait Lina comme toi. J'ignore pourquoi elle nous avait conviés. Elle avait une longue chevelure brune attachée en queue-de-cheval, des pantalons moulants d'écuyère et de fines bottes au cuir ridé. J'avais enfourché un vélo de femme bien trop grand pour moi, et je riais en fonçant sur les cailloux blancs qui crissaient, l'allure toute déhanchée. On était chez les riches, on disait «les richards». Nous ne sommes jamais revenus. Dans les expressions silencieuses de ton amie je le sentais : nous n'étions pas à notre place. «Comment peux-tu te rappeler tous ces détails?» répète Lina. Te regarder m'inspire. Je retrouve ma mémoire de drôle d'oiseau. Tout revient. Je te disais, «pour rire je serais le châtelain et toi la châtelaine». Je t'entraînais dans mes jeux, tu étais ma belle épouse. J'avais vingt ans quand j'ai pu voir *Le souffle au cœur* dans un cinéma des allées de Tourny, on annonçait une reprise du film de Louis Malle. Dès les premières images, j'avais compris ta hantise d'autrefois. La complicité du garçon et de sa mère, leur liberté, leurs jeux si peu innocents, la beauté flamboyante de cette femme — et je n'ai plus jamais regardé Lea Massari qu'en mère incestueuse —, chaque scène me ramenait à nous. Des semaines entières le même rêve m'a hanté. Une ambiance de pénombre. Seuls brillaient nos corps, baignés de ce halo cuivré qui pénètre les églises, au moment des fêtes, quand une auréole illumine les visages des saints, de la Vierge et du Christ. Je n'avais de cesse de te poursuivre jusque dans ton lit. Tu protestais, tu me repoussais. Tu finissais toujours par céder. Ça se passait au château Lascombes, dans la chambre de la Reine, ça se passait n'importe où, chez nous, dans la chapelle de la place des Martyrs-de-la-Résistance, sous l'œil égrillard d'un ange proxénète, chez Mamie qui poussait des cris horrifiés en nous traitant de dégénérés, qui nous chassait à coups de balai, on dévalait les escaliers quatre à quatre en riant. Ça se passait dans notre appartement tout neuf de la cité du Grand-Parc où Michel Signorelli vint abréger mes fantasmes.

Tu ne réagis pas.

Tu t'es rendormie.

11

Les jeux de lumière à travers les nuages adoucissent les traits de ton visage. Je te revois exactement telle que tu étais dans mon enfance. On avait pris notre envol dans la cité du Grand-Parc, loin de Mamie, de Paul, de Dieu et de la mort. On vivait tous les deux. Les dieux c'était nous. Je me suis mis à courir vers toi. Mon cartable à lanières brinquebale dans mon dos. Je cours de plus en plus vite. Je t'ai reconnue de loin. Toi aussi tu m'as vu. Tu me souris les bras grands ouverts. Une avenue nous sépare, remplie d'autos qui filent. Que se passe-t-il ? Tu as stoppé brutalement. Tu portes les mains à ton visage. Une auto a pilé devant moi, puis une autre. Mes jambes nues entre les pare-chocs étincelants, le souffle des moteurs enragés, l'odeur du caoutchouc brûlé, des freins écrasés. Un miracle, prétendra Mamie. Je voulais seulement que tu me serres dans tes bras.

D'autres scènes surgissent dans le désordre pendant que la route nous emporte vers Nice. Cette fois c'est toi qui cours à perdre haleine sur une plage immense de l'Atlantique. La Pointe espagnole. De grands panneaux préviennent. Baignade dangereuse. Courants violents. Si violents qu'ils peuvent emporter les nageurs. On y va quand même avec un pincement d'excitation. Braver les interdits. La mer nous appartient, la grosse mer. Le fracas des rouleaux. L'Océan déchaîné qui aboie. Quand on arrive à la Pointe, depuis le sommet de la dune qui embaume le fenouil sauvage, on voit bouillonner les courants. Ils dessinent des cicatrices à la surface de l'eau. Je nage à la poursuite de ma planchette de surf qui s'est éloignée. Je dérive. Je ne m'en suis pas aperçu. C'est d'abord mon père qui a réagi. Il a sprinté sur la plage jusqu'à l'eau. Un plongeon et le voilà qui nage à ma rencontre. La houle avale ses paroles. Je ne sens pas le danger. Je ne suis pas essoufflé. Je te vois au loin qui t'effondres en état de choc. Je garde mon sang-froid. Je suis rentré sain et sauf grâce à papa. Tu es hors de toi. Tu as eu si peur. Tu me traites de petit con. Tu as cru mourir.

Il faudrait essayer des manières plus douces de s'aimer.

12

Les paysages ocre ont succédé aux plaines profondes de la Drôme. Ambiance de Colorado. Nous approchons. Tu viens de te réveiller. Tu ne dis rien. Tu reconnais ces grands ciels, cette lumière blanche. La succession des combes, des éperons de calcaire, des pacages encore maigres, là-haut.

— Comment?

Tu me parles mais le bruit du moteur couvre ta voix, et aussi la radio que j'éteins à regret, j'attends que la chanson finisse, Lavilliers, « petit, tu sais pas jouer aux billes ».

— Que dis-tu, maman?

J'ai bien entendu.

Tu me cherches de ton regard incertain. Je t'entends répéter :

— Moshé, tu es revenu?

Je devrais te dire que je ne suis pas Moshé.

Est-ce que je lui ressemble?

Longtemps j'ai cherché à composer son visage en décomposant le mien. Je retirais ce qui t'appartenait, la rondeur du menton et des joues, le front plat, pour ne retenir que les traits inconnus, les fossettes, mon nez en arête, cabossé au milieu, et même le défaut de prononciation qui me fait siffler les *s*.

J'ai pris l'air étonné.

— Moshé?

— Où étais-tu passé depuis tout ce temps? C'est le petit qui va être heureux. Il t'a tellement réclamé. Je ne savais plus quoi lui répondre. Je t'ai appelé au Maroc, mais impossible de t'avoir.

Je ne voulais pas en entendre plus.

— Maman, je ne suis pas Moshé, je suis ton fils.

Est-ce seulement la vue qui te lâche?

Tu fais non de la tête.

— Qu'est-ce que tu me racontes? Je sais bien qui tu es. Tu es Moshé. C'est simple. Un œil me dit que tu es mon fils. L'autre œil me dit que tu es Moshé.

Tu ris. Je n'aime pas ton rire.

À travers la vitre, il y a des champs, des haies, des chevaux en liberté, des poulains avec leur mère. Tu vois encore des daims.

On n'est plus à une heure près. J'ai suivi les petites routes de montagne et, à force de tournis, on s'est retrouvés sur la petite place d'Ascros. Tes narines se sont mises à palpiter. Tu as juste dit «oh, Ascros», en plaquant tes deux mains contre ta poitrine. Tu as reconnu les ruelles, leurs escaliers pentus qui débouchent sur d'autres ruelles. Tu m'indiques une route plus large qui mène aux chemins de pâture. Tu as l'impression que rien n'a changé. Qu'il suffirait d'attendre un instant pour te voir apparaître sur la place centrale, aujourd'hui marchant au bras d'hier.

— Tu es venu ici une fois, Moshé. Tu as collé ton oreille contre mon ventre. Tu m'as rassurée. Tu étais sûr que tout se passerait bien. Tu m'avais recommandée à un de tes amis accoucheurs, si jamais tu ne rentrais pas du Maroc à temps.

Je renonce à te redire que je ne suis pas Moshé. Peut-être qu'à ce moment précis je suis Moshé. Je sais pourquoi tu n'as pas vieilli. Tu as dix-sept ans.

Peut-on avoir plusieurs fois dix-sept ans ? Je te vois soudain emplie d'espérance. La vie s'ouvre à toi comme ces lieux parfumés de thym et d'herbes sauvages. On s'est installés au soleil, à la terrasse de l'unique café. Une partie de pétanque est en cours. Des voix d'hommes couvrent les nôtres, des cris passionnés, et aussi l'éclat sec des boules qui se percutent. Tu viens d'ouvrir ton sac à main. D'une poche dont seules les femmes ont le secret, tu as extrait une photographie d'un autre âge aux rebords crénelés.

— Je l'ai gardée avec moi, tu vois, je ne t'ai pas oublié.

Tu me la tends d'une main impérieuse. La photo est à peine plus grande qu'un timbre-poste. Un jeune homme assis sur un rocher sous le ciel nu. Il porte un pull-over ras-du-cou. Ce qui saute aux yeux, c'est son sourire. Un sourire lèvres serrées, un sourire de sphinx. Ce sourire, je l'ai reconnu il y a quelques années, quand j'ai vu Moshé pour la dernière fois. La mort était déjà à l'œuvre sur son visage décharné. Mais dès qu'il m'a aperçu, il m'a offert ce sourire intact. Maintenant tu me le redonnes. Je tiens mon père dans ma main. Tes paupières lourdes et carminées s'ouvrent en grand. Tu murmures : « Fini la comédie, j'ai tant de choses à te raconter. Tu sais, Moshé, quand on s'est connus on ne se connaissait pas, c'est aussi simple que ça ! Je ne suis jamais allée au Maroc, jamais. Ni en Tunisie. Tu étais mon roc, mon Maroc et Michel ma Tunisie. »

Ton regard se trouble, se change en eau.

À présent c'est toi qui parles, petite maman qui me confonds avec le premier homme que tu as aimé. La vie joue les prolongations. Elle s'immobilise pour donner leur chance aux mots, qu'ils prennent toute leur place.

Tu as commandé un Americano, des petites olives de Nice, les meilleures, dis-tu.

Tu demandes une paille, aussi.

Au serveur, peut-être le petit-fils de la bergère qui t'aimait jadis, j'ai dit « pareil ».

Tout pareil que toi.

Je me demande ce que dirait Rivka si elle nous voyait.

Je me demande si Rivka a vraiment existé, ou si je l'ai inventée pour qu'elle réveille en moi l'enfant juif.

Un chat passe, il se frotte à tes chevilles.

Ta voix reprend.

— C'était beau, notre rencontre, Moshé.

Je retrouve la candeur de ton regard, la tendresse au fond de tes yeux, l'innocence, tout ce qui passait sur les photos de ta jeunesse, avant que la vie ne se cabre et ne te jette à terre. Cette candeur je ne l'ai revue que par éclipses, plus tard, quand tu es devenue madame Signorelli et que tu as pris possession de la maison de Nieul, maman de trois garçons, sans compter la chatte blanche aux taches rouille qu'on avait adoptée dans l'euphorie. Madame Signorelli, bonne cliente du Temps perdu et de ses vêtements excentriques.

« Moshé, tu ne sais pas qui je suis, d'où je viens. Nous étions une famille dans la campagne charentaise. Nous avions une ferme à Condéon. Je te dis les noms de mon enfance. Condéon, Barbezieux, Saint-Sicaire, loin, très loin de tes racines berbères. J'avais mes deux grands frères, j'avais surtout un père et une mère. Maman une femme de la ville, infirmière-major au sanatorium de Condéon. Papa un paysan fils de paysans. Il avait connu ma mère en livrant le lait au sana. Je suis née à Angoulême, la ville du célèbre papier vélin qu'on fabriquait autrefois sur la peau des veaux morts. Nous vivions heureux dans les odeurs de ferme, de lait et de fleurs. Mon père chassait, un fin fusil, disaient les gens du pays.

Il chassait aussi les femmes.

Je m'attarde un peu sur ces jours, tu veux bien Moshé ? Ces jours perdus.

La campagne c'est mon univers. La terre. L'odeur de la terre. Les vaches, leurs veaux, la basse-cour. Les vaches avec leurs petits noms, Rosette, Noiraude, Lilas. L'écureuil dans sa cage, qui s'épuise à tourner sa roue. Les hommes restent de grands enfants aux jeux cruels. C'est un petit monde. Je ne me lasse pas d'en faire le tour.

Armé de sa baratte, mon père est un magicien. Il change la crème du lait en beurre. Le soir il vend la traite aux gens du village. On les entend venir de loin. Leurs bidons tintent et s'entrechoquent. C'est notre angélus. Les bêtes sont debout, paisibles. Le lait brille sous l'ampoule. Papa plonge sa louche dans la marée blanche. Je demande un litre pour nous. Maman m'a fait promettre d'y penser. Le ventre du bidon, tiède comme un agneau.

Laisse-moi encore te raconter, Moshé.

Un printemps comme plus jamais après.

Derrière la maison, le pré en pente douce jusqu'au bosquet de bambous. Je me vautre dans l'herbe fraîche. Allongée de tout mon long, je me laisse descendre en « roule-barrique ». J'ai la tête qui tourne. Les bras en croix, jambes ouvertes, je scrute le ciel. Le soleil chauffe. Les herbes me chatouillent, picotent ma peau, les herbes folles. Avec Jean-Jean, une bouteille d'eau à la main, on traque les grillons. Leurs chants métalliques font vibrer l'air. Nos cigales à nous. On verse quelques gouttes d'eau dans un trou. Doucement, très doucement. Le glouglou de la bouteille. Parfois on fait pipi dedans. Le grillon apparaît, couleur anthracite. Un chevalier en armure. Le menton dans les mains, allongés par terre, on le regarde ébahis. Le grillon s'est mis à remuer les pattes arrière. Il se déshabille. Un vrai strip-tease. Il s'est débarrassé d'une fine pellicule de peau translucide. On applaudit son numéro d'artiste. Dessous apparaît une nouvelle robe, d'un violet très clair rehaussé par le jaune tendre de ses ailes. Maintenant il ne bouge plus. La chaleur intense transforme ses couleurs. Le violet devient noir.

C'est beau à voir, la mue d'un grillon.

Moshé, j'ai envie de te dire ce bonheur, à quoi il ressemblait.

Pêcher les grenouilles à l'étang avec un chiffon rouge, suivre les escargots, la traînée d'argent qu'ils laissent derrière eux dans la végétation couchée par la pluie. Le bonheur des bêtises, toutes ces bêtises. Courir sur la margelle du puits, monter aux arbres, ou dans la forêt sautiller sans tomber le long des troncs abattus pareils à des gisants. Faire bombance de champignons, de châtaignes, boire en cachette au robinet des chais, et qu'on me retrouve endormie, saoule comme une grive. Rechercher Rosette quand elle s'enfuyait pour vêler seule dans les bois, loin des hommes, sur un lit de mousse. Nourrir un oisillon tombé du nid, avec de la mie de pain trempée dans le lait de Lilas. Tirer à la fronde sur les boîtes de conserve avec mes frères. Quelles belles frondes nous fabriquions ! Paul et Marc volaient une pièce d'un franc dans le portemonnaie de maman. Ils achetaient de l'élastique carré à l'économat, repéraient dans les yeuses ou les acacias des branches en Y qu'ils cassaient à la machette. Ils écorçaient le manche, l'entouraient de caoutchouc prélevé dans une vieille chambre à air, une tresse noire bien tendue. Des cailloux en guise de joujoux. Ce n'est pas fini. J'allais oublier les visions de la nuit, hérissons, loirs, hermines, trous de sangliers dans les grillages, hennissements du vieux cheval, longs aboiements des chiens. Et les bruits du jour, le tracteur Petit Gris de mon père avec son moteur américain, le marteau du maréchal-ferrant, les cloches de midi, la scie à bois dans les collines, les oreilles des chevreuils, la vie partout.

L'hiver je frappais à la maison de Gladys, la femme du métayer. Ses tâches terminées, elle tricotait au coin du feu. De la panière posée à ses pieds montaient des fils de couleur. On aurait cru des serpents hypnotisés, ou un tour de prestidigitateur. Elle m'apprend le tricot, maille à l'endroit, maille à l'envers. Surtout bien serrer les mailles pour que la laine ne fiche pas le camp entre les aiguilles. De ses doigts agiles et sûrs naît une écharpe bariolée pour Miguel son mari, pour mon père, ils auront chaud les matins de chasse ; naît un pull-over marron et beige aux allures de gâteau marbré, emmanchures, col, boutonnières, tout est d'équerre. Les aiguilles, leur petite musique de fer. Gladys, besicles au nez, sourire cousu main. Je me demande où est passé ce sourire, s'il vit quelque part sur un autre visage. »

13

Le serveur du vieux café d'Ascros nous couve du regard. Ici, dit-il, on aime bien voir des «estrangers». À cette époque il en monte moins. Un homme vêtu d'une cape de berger en grosse laine fait sensation en traversant la place avec son âne lourdement bâté. Le petit peuple du village s'agglutine au seuil des maisons. Des fenêtres s'ouvrent. Des cris de joie. Les prémices de Noël. Même les boulistes négligent le cochonnet en bois. L'animal porte des sacs remplis de lavande et de pots de miel que l'homme vend pour une association de malvoyants. J'ai envie de te taquiner. Tu devrais essayer ce miel pour soigner ta diplopie. Toi Lina tu ne prêtes guère attention aux enfants qui entourent le petit âne. Et si le bonhomme à la cape ressemblait à ton ami Pierrot? Se pourrait-il que ce soit lui, sorti du tunnel des années? Rien ne te distrait. Tu déroules le fil d'une autre histoire.

«Moshé, connais-tu les épaules d'un père quand il te hisse sur le toit du monde? C'est une habitude entre nous. Pas besoin de parler. Dès que l'horizon s'alourdit de nuages, que pointe l'orage, ho hisse de ses bras d'athlète de foire il me cale tout là-haut "Viens ici, tu verras Montmartre." Les éclairs zèbrent le ciel. Je m'agrippe de toutes mes forces à son front. Mon père avance jusque sur la terrasse. La vue est dégagée, le spectacle peut commencer. Les éclairs brillent. Des épées de lumière. Ils font des zigzags. C'est mieux que leur *Star Wars*, crois-moi. Les grondements laissent place à des claquements secs. J'aime l'orage vu de ses épaules. Il tient fermement mes jambes, ses bras serrés contre mes chevilles. Maman dit que les anges jouent aux boules. "Non", répond papa. Le tonnerre c'est la guerre. Après vient la pluie. Une grosse pluie qui engorge les gouttières, fait sortir les escargots avec leurs petites billes noires au bout des cornes. J'attends cet instant où le vacarme s'estompe. L'air devient cristallin. Une lumière pure baigne la ferme et les champs. Au-dessus de nos têtes, un arc-en-ciel sur une toile gris-bleu. L'odeur de la terre mouillée. Les oiseaux se trempent dans les flaques. L'herbe et les fleurs se redressent. L'argent des fils d'araignée, dans le soleil. La campagne, mon royaume. Tu vois, Moshé, depuis toutes ces années, à chaque orage je cherche les épaules de mon père. À chaque orage je grelotte.

À quand remonte le début de la fin? C'est facile, 1950, un chiffre rond. Notre mère nous a réunis, les quatre enfants. Vous devez maintenant étudier normalement. En septembre, il vous faudra la ville. Cette maison va rentrer en cartons. Vous verrez, nous serons heureux à Barbezieux. Je me suis réfugiée dans les bras de mon père. Au moins je ne vais pas le perdre, lui et ses joues qui piquent. Son odeur de tabac et de cuir. Barbezieux. Je prends cette ville en grippe. Papa aura son magasin de chasse et de pêche, maman sa maroquinerie. Je ne veux pas entendre la suite. J'ignore qu'il y aura Jacqueline, mon amie, ma douce des jours tristes, ma chérie, ma cocotte. On s'aime depuis ce temps. La lune éclaire la cour boueuse de la ferme. Je suis en chemise de nuit dans ma chambre. Les coassements des grenouilles me parviennent de la mare. Un hanneton hébété frôle la fenêtre. Je ne veux rien oublier d'ici. »

Jamais tu ne m'avais parlé ainsi. Je suis suspendu à tes lèvres. L'homme à la cape de laine a disparu avec son âne et un essaim d'enfants. J'aimerais que tu me racontes ton séjour ancien ici, à Ascros.
Ta voix insiste : « Tu comprends, Moshé ? »
Je hoche la tête.

« Comme toi, dis-tu, je viens de l'exil. On n'a pas passé de frontière, pas changé de pays ni de langue. Encore qu'une petite paysanne comme moi, ça détonne au milieu des gens bien mis de la ville. Gros sanglots, gros sabots. J'ai sept ans. Fini de rire. Chaque respiration est un soupir. Je suis un oiseau pris au piège, entré dans une maison par inadvertance, qui se cogne aux vitres pour retrouver sa liberté. Tout est devenu exigu autour de moi. L'horizon, ce sont des murs et des toits, des rues encombrées d'autos, des boutiques. À quoi bon de larges fenêtres si on doit se casser le nez sur une impasse ?

Même les orages sont tristes. Et je n'ai encore rien vu. Trois ans ont passé. L'orage le plus violent éclate quand maman une nouvelle fois nous réunit pour nous dire votre père et moi c'est fini. Je vais habiter dans un appartement sur le champ de foire avec Paul. Toi Lina, tu iras en pension à Cognac. Un foyer de jeunes filles. Ils veulent bien te prendre en cours d'année. Tu n'as pas à te plaindre. Marc a devancé l'appel. Il partira soldat à Madagascar. Il n'a peur de rien, Marc, avec ses grands yeux à fleur de tête, leur fixité dérangeante. Quant à Jean-Jean, direction le petit séminaire. Je ne veux pas vous entendre. Votre père, vous le verrez à l'armurerie. Il aura son logement au-dessus. Papa où est-il ? Nulle part. Marc a déjà quitté la maison sans un au revoir. Paul et Jean-Jean se sont réfugiés dans les bras de maman. Plus de place pour mon chagrin. Je suis montée me coucher sans manger, les mains jointes entre les genoux, recroquevillée, en chien de fusil. Est-ce notre faute si nos parents se séparent, est-ce ma faute ?

Je rêve que demain tout sera comme avant.

Je rêve.

Les années passent et plus rien ne sera jamais pareil.

Adieu monts et merveilles. Caresses de mon père, sourire de ma mère, jus de la treille.

Adieu insouciance, légèreté, sensations de vacances. Adieu Gladys et Miguel, adieu la chance et l'enfance. Reste Jacqueline. Pourtant, Moshé, le pire est à venir. Non, le pire ce n'est pas toi. C'est une date, le 16 août 1958. Un an avant notre rencontre. Deux ans avant la naissance de notre garçon. 16 août 1958. Votre père est parti. C'est la voix blanche de ma mère. Parti où? À Madagascar. Rejoindre votre frère. Il reviendra? Non. C'est fini.

Maison en cartons, encore. On repart avec larmes et bagages. Direction Bordeaux-gare Saint-Jean. Pas beaucoup d'argent. Votre père enverra un mandat quand il aura une situation. Un drôle de type votre père. La vie tremble. J'ai quinze ans. Me voici perdue dans le grand Bordeaux. Tu seras mon soleil, Moshé. Pour l'instant c'est la nuit, la fin du paradis. Plus d'épaules, plus de ma chérie. Dans mon lit je revois mon père la veille de son départ, de sa disparition.

Combien j'ai perdu d'hommes dans ma vie? Mon père. Mes frères. Toi, Moshé.

Et toi.»

— Moi?

Lina a pris mes mains dans les siennes. J'ai écarté in extremis la coupelle d'olives.

— Toi mon fils, je sais que tu écoutes, alors oui, toi. Je sais que tu n'es pas Moshé, j'ai toute ma tête, rassure-toi, mais c'est à lui que je parle, je continue. Je ne veux pas perdre le fil.

Le serveur n'ose plus s'approcher de notre table.

Je lui fais signe qu'il peut apporter nos consommations.

— Continue, petite maman.

«Le 15 mai 1958, j'ai rejoint mon père au magasin. J'avais l'habitude de le retrouver là. Il me montrait les plombs, les cartouches, les amorces, les gibecières, ses petits lapins empaillés dans la vitrine, leur pelage doux et froid. Je ne me doutais de rien. Ce jour-là il m'a regardée gravement. Un regard qui disait je t'aime, je croyais. Il a pris ma taille entre ses deux grosses mains. Pouce contre pouce, index contre index, il en fait le tour sans peine. Je me suis posée sur ses genoux, pareil qu'autrefois à la campagne, quand je m'endormais contre lui devant la cheminée. Il m'a câlinée. J'ai senti sa chaleur. Jamais je n'ai retrouvé cette chaleur-là, Moshé. Ni avec toi ni avec aucun homme. Elle a disparu avec lui. Il est parti avec son odeur, ses baisers. Avec mes frissons dans le cou. Parti sans me dire au revoir. J'en tremble encore, toute vieille que je suis. On redéménage. Me voici dans le Bordeaux sombre et froid de mon adolescence. J'attends quelque chose, j'attends quelqu'un. Je serais bien en peine de dire qui ou quoi. Fille de divorcés. Il paraît qu'on est foutus. Ma mère est devenue institutrice à l'Assomption. Un repaire de soutanes et de cornettes. Les mandats n'arrivent pas. Le soir, elle prend du travail en plus, se crève les yeux dans un cagibi rempli de livres, ça sent le papier neuf, la colle, les fournitures, le renfermé, la solitude. Je la rejoins dans cette pièce borgne après le lycée. On revoit les verbes irréguliers, les temps du français, je récite "partir" au futur, demain je partirai. Je ne sais, sur son visage, ce qui l'emporte de la tristesse, de la sévérité ou de la colère ressassée que les prières n'effacent pas. Vers huit heures, une sœur que j'appelle ma mère dépose deux bols de soupe fumante, une compote de pommes, quelques biscuits ramollis. La sœur porte une alliance à la main gauche. Elle est mariée avec Dieu. C'est un sacré polygame, Dieu.

Je suis en première à Notre-Dame. L'an prochain j'aurai mon bac. Plus tard je serai médecin. Je soignerai les cœurs. Je me suis renseignée. Ce sont de longues études mais je suis décidée. Au Parc bordelais, je retrouve des airs de campagne au beau milieu de la ville. Le matin je quitte la rue Neuve pour remonter le cours Alsace-Lorraine, la rue Sainte-Catherine et ses belles devantures, le cours de l'Intendance, la place Gambetta. Je ramasse les feuilles rousses des marronniers que je fais sécher entre les pages de mes manuels. Quand j'ai le temps après l'école, je m'aventure rue Porte-Dijeaux. Tout est beau, grand, cossu. À l'angle de la rue Vital-Carles, j'ai repéré la vitrine en bois peint du libraire Mollat. J'observe les gens qui entrent, leurs gestes précautionneux. Une communion silencieuse. Je meurs d'envie d'acheter un livre. Sur les conseils d'un vendeur, je suis ressortie avec *L'écume des jours*. Il date de 1943, l'année de ma naissance. La prochaine fois, j'achèterai des poèmes d'Aragon. Je voudrais être cardiologue, mais aussi poète et peintre. Je rêve. Joies simples, vie compliquée.

Les garçons, je les vois venir de loin. Je ne suis pas si belle, mais je suis pulpeuse et pas farouche. Je rêve d'amour idéal, de baisers sans la langue, de main dans la main romantiques. Les surboums dans les caves du Vieux-Bordeaux attirent des jeunes dans le vent pour qui flirter est un jeu sans danger. Dans le regard de ma mère je suis sale. Depuis mes douze ans et ce premier sang entre mes cuisses, je la dégoûte. Quand je lui ai dit affolée que je saignais, elle m'a balancé un morceau de tissu-éponge sans croiser mon regard. De ce jour elle ne m'a plus souri. Mes douleurs et mes doutes, elle les a balayés d'un silence de pierre. Tout ce que j'attendais de maman, je l'ai appris par mes amies et les mères de mes amies. Des questions, j'en avais en pagaille. Pourquoi les filles ont-elles des règles ? Pourquoi cela fait-il si mal ? Comment fait-on un bébé ? À quel âge peut-on en avoir un ? Par où entre-t-il ? Et par où sort-il ? Est-ce que c'est douloureux ? C'est quoi, faire l'amour ? Ma mère tord le nez. Elle m'a fait jurer d'éviter les garçons. De changer de trottoir plutôt que de les croiser dans la rue. Jure-le ! C'est ce que lui a appris sa propre mère. Elle a bien fini par faire quatre enfants, mais inutile de me montrer insolente. La vérité est que je ne sais rien de rien et que j'ai peur quand je descends dans une cave remplie de jazz et de liberté.

La terrasse du Régent. C'est la fin de l'été 1959. Tu es là, Moshé. Tu es attablé avec deux amis, pareil que nous à présent dans ce charmant café d'Ascros. Vous parlez du Maroc, de vos études et, à voix basse, des filles qui vous plaisent. Vous avez la peau mate, des cheveux coupés ras qui ne demandent qu'à friser. Surtout les tiens. Je te regarde. Je ne peux détacher mon regard de ton visage. Je suis fascinée. À l'intérieur de moi se déclenche un orage plus fort que tous les orages de Saint-Sicaire. J'aurai bientôt dix-sept ans. Un sentiment naît qui ne dit pas encore son nom. Je sais que c'est toi. Mon cœur te réclame, ma peau, mes mains. »

À ce moment j'ai voulu dire à Lina que ça me gênait, ses mots qui ne m'étaient pas destinés. Elle a fait la sourde oreille, ou alors elle n'a rien entendu. Les vainqueurs de la partie de boules offraient une tournée.

«Tu es mince, Moshé, presque maigre. Bien plus grand que mon mètre cinquante-neuf. Tu flottes dans tes vêtements. À vingt-trois ans, tu vas entamer ta troisième année de médecine. Avec tes amis vous partagez un appartement place de la Victoire. Je suis ignare. J'ai peur que tu t'en aperçoives. Pourquoi t'encombrer d'une gamine qui suce encore son pouce, quand il lui manque l'homme de sa vie, encore plus loin sur le planisphère, au milieu de l'océan Indien, des crocodiles et des requins. Pourtant je t'intéresse. Tes fossettes se creusent quand tu poses tes yeux charbon sur moi. Moshé, je t'ai aimé si fort. Je sais que tu te souviens. Tout est allé très vite. En faisant de moi une femme, tu as fait de moi une mère. C'est venu sans heurt. J'ai mué à la manière du grillon dans la prairie. Sur ta peau courent des paysages inconnus. Sur ta peau, des montagnes, des déserts, des dunes, la mer, des relents de jasmin et d'argan, des étoffes, des chants lancinants venus d'une langue sucrée, des ciels d'étoiles, l'ivresse de l'ailleurs. Il y a tout ce que ne savent pas dire mes dix-sept ans, tout ce que je saurais dire à présent. Personne ne me le demande. D'abord je n'y ai pas cru. Un enfant, mais où trouverait-il une place, je suis si petite ? C'est ce que j'ai demandé à ma mère quand elle m'a traînée chez le gynécologue. Je n'en avais jamais vu. Il m'a reçu en blouse blanche. Une voix chaude et rassurante. Des gestes rodés. Il a enfilé un gant qu'il a trempé dans un gel transparent. Il a appuyé sur mon ventre avec une main écartée. De l'autre, il fouille à l'intérieur de moi, une fouille à corps. Il me vérifie comme on s'assure qu'un coffre-fort n'a pas été fracturé. J'ai coupé ma respiration. Je voudrais crier, me sauver. Un drôle de mot, se sauver. Ma mère ne m'a pas dit tout ce qu'il pouvait signifier. Je suis prisonnière, à demi nue sur cette table d'examen pendant que le médecin me parle gentiment. "Vous êtes enceinte de deux mois." Je m'agrippe à la table. Mes pieds écrasent les étriers métalliques. La voix, ferme soudain. « Rhabillez-vous. » Ma mère paye. Nous voilà dehors.

Enceinte ? Je suis enceinte. Je vais fêter mes dix-sept ans le mois prochain. Une fois encore, papa ne sera pas là. Ce sera la troisième année sans lui. Penserait-il lui aussi que je suis une traînée ? Je n'ai fait qu'aimer. Que t'aimer, Moshé. Tu rêves de la France, tu aimes sa langue et ses filles, je vais te donner un enfant français qui te ressemblera et ce sera un garçon, il ne peut en être autrement. Nous marchons en silence dans la rue. Noël approche. Bordeaux scintille. Il fait froid. D'habitude je me serre contre maman quand on marche côte à côte. On achète l'âne et le bœuf de la crèche, l'enfant Jésus qu'on dépose seulement le 24 décembre à minuit, on découpe des étoiles dans du papier doré. À présent elle se tient à l'écart. Elle me laisse aller devant. Son regard dans mon dos. Mes jambes me soutiennent à peine. J'ai peur de tomber. J'ai envie de tomber. Parfois je me retourne. Maman avance tête baissée. Le plus froid, c'est son silence. Elle dit « à gauche, à droite, attends ». Des ordres secs. On ne rentre pas à la maison. Ce n'est pas le chemin. Place Pey-Berland, elle me dépasse sans un mot. Je la suis à travers les petites rues mal famées, des rues noires et crasseuses, remplies d'hôtels borgnes. "Des filles de joie", lance-t-elle d'un ton revêche. Une prière sur ses lèvres sèches : *Ô Vierge sainte conçue sans péché*. Odeurs nauséabondes. Poubelles éventrées par les chats errants. Bordeaux, décembre 1959. Je voudrais m'accrocher au bras de ma mère mais elle se dégage et fonce. Tu vas trop vite, maman. Elle poursuit l'inventaire des ruses et des actions de grâce, il faudra voir le curé de l'Assomption, il sera de bon conseil, et le père supérieur de Tivoli, ils auront une idée pour nous sortir de ce guêpier. Elle parle de moi à la troisième personne, elle parle de moi comme de personne. Elle dit : "Ma fille mettra des gaines. Rien ne doit dépasser. Je ne veux pas qu'on la voie, avec cette bedaine provocante. C'est tellement dégoûtant. Je n'ai pas mérité ça !" Je lui rappelle que je suis là, que je l'écoute. "Après, poursuit-elle, on verra bien qui veut la prendre loin d'ici, le temps que ça se tasse. Il faudra consulter aussi le prieur de Saint-Bruno, un homme avisé. Des bâtards, il en a placé plus d'un, et dans de bonnes familles. Tu pourrais être accueillie dans une institution religieuse, un couvent à l'écart, dans la campagne. On te trouvera une besogne à la lingerie. Et ton petit, il sera facile de le caser. Tant de femmes ne connaissent pas cette bénédiction de pouvoir enfanter. Le monde est mal fait. Il faut que toi tu aies des chaleurs de lapine." Nous marchons encore plus vite. Le trottoir est une patinoire. Plusieurs fois je trébuche. Je ne sais toujours pas où nous allons. Je préfère me taire. La silhouette sombre de l'église Saint-Pierre se dresse devant nous, menaçante. Dieu est amour. Maman a sonné à la sacristie. Un bruit de porte qui grince. Une lumière blafarde. Une femme a ouvert. "Le père Antoine peut-il nous recevoir ? C'est urgent." La femme a disparu aussitôt. On s'est assises sur un banc. Une odeur d'encens et de vin blanc. Une soutane approche, une soutane noire fermée par des dizaines de petits boutons nacrés. À l'intérieur, monsieur le curé. Plus maigre qu'un chat de gouttière. Sa pomme d'Adam saute le long de sa gorge quand il parle. Il me fait penser à Paul, en plus sévère, un Paul qu'on aurait délesté de son cœur. Il pose ses yeux froids sur moi. Je les baisse. Il écoute maman. Elle chuchote. Tout à l'heure, quand elle l'a aperçu, son visage s'est illuminé. Elle a dit : "Père Antoine !" À croire qu'elle avait vu le Messie en personne. Son fardeau s'est allégé d'un coup. Puis ses traits se sont durcis. Ce qu'elle a dit après, j'ai oublié. Si je m'en étais souvenue, je n'aurais pas eu la force de vivre. L'oubli est une assurance-vie.

Des mots surnagent.

Péché. Faute. Mal. Coupable. Juif. Conversion. Adoption. Coupable. Juif. Adoption.

Ils parlent comme si je n'étais pas là. D'ailleurs je ne suis pas là. Je compte pour du beurre.

"Je connais des familles qui…", marmonne le curé.

"On pourrait s'arranger dès maintenant", renchérit ma mère, qui parle toujours plus bas.

"S'ils le prennent dès la naissance, le péché sera moindre."

"Je porte ma croix."

"Vous ne méritez pas ce châtiment."

"Je ne l'ai pas élevée dans le vice, mon père, croyez-moi."

"Je vous crois, ma pauvre madame Labrie. Il lui faudra expier. Une bonne leçon. Et placer l'enfant au plus vite."

Je vais perdre connaissance. J'ignorais que, dans une sacristie, on décidait du sort des poupons à naître. J'existe, vu que le père Antoine me transperce du regard. Toi tu devras obéir à ta mère, dit ce père qui n'est pas mon père. Ma mère, elle, lui obéira comme à Dieu. Mon ventre est sous contrôle. La sacristie veille. Un silence.

Puis la litanie reprend.

Péché. Mal. Coupable. Juif. Adoption.

Le prêtre retombe chaque fois sur ses pattes noires. Sa pomme d'Adam tressaute de plus belle. Jamais maman n'avait prononcé de tels mots. Aucun ne figure dans les petits carnets de vocabulaire que nous remplissons dans son cagibi de l'Assomption. Chou caillou hibou genou. Rien de bien méchant au regard de ceux qui transpercent maintenant mes oreilles. Ils ne sont écrits nulle part et pourtant ils se gravent au fond de moi. Et ce mot-crachat prononcé en grimaçant : juif.

On est ressorties de l'église par une porte dérobée, dans le silence de la nuit. Je rase les murs. Le souffle haletant de ma mère, derrière mon dos. Ses soupirs. Il faudra que j'aie l'air d'un sac. Avec de longues robes unies qui affineront ma silhouette le plus longtemps possible. Pas de motifs fantaisie, pas de tissus à fleurs, pas de quoi être gaie. Ne ressembler à rien. »

14

Vers quatre heures de l'après-midi, la terrasse du café d'Ascros s'est encore remplie d'habitués. Des vieux nous dévisagent et nous font signe en levant leur verre. Des parties de belote s'engagent. On a commandé autre chose à boire. Tu voudrais une Marie Brizard. « Un alcool de vieille », dis-tu en pouffant. Tes habitudes bordelaises. Le garçon est revenu dépité. Ils n'ont pas ça. Alors de la gentiane, c'est doux la gentiane. Je t'accompagne. Les verres à liqueur bleue ont atterri sur la table. Avec une poignée de chocolats emballés dans du papier d'or, cadeau de la maison. Tu en as attrapé un que tu examines d'un air rêveur.

— Mes parents n'étaient pas de vrais antisémites, Moshé, j'aimerais que tu me croies.

La phrase est tombée sans prévenir. Quel rapport avec le chocolat ? Tu suis ta pensée.

— Avant la guerre mon père et ma mère vivaient dans leur ferme en Charente. À ma naissance, deux petits habitaient là.

— Tes frères ?

— Non, deux petits avec leurs parents, des juifs alsaciens. Les enfants, c'était Eugène et Lola Klein. Ce n'étaient pas des prénoms juifs. Ils avaient dû les changer. Les Klein sont devenus des amis. Mes parents les ont cachés pendant plus de deux ans. Au village, les gens savaient. Je crois qu'à la fin on a été dénoncés. Ils ont vraiment eu chaud, tu sais. Tu te souviens, mon fils ?

Quand ça l'arrange, Lina me mêle à la conversation.

— Je n'étais pas né à cette époque, maman... De quoi veux-tu que je me souvienne ?

— De la grande boîte de chocolats que nous recevions pour Noël, à Caudéran. Mamie ouvrait le colis fébrilement. Elle regardait l'adresse de l'expéditeur et s'écriait : un envoi des Klein ! Elle disait toujours « les Klein » même si les parents étaient décédés. Eugène et Lola pensaient toujours à nous.

Elle s'est tue. Un chien aboyait sur une terrasse voisine.

Le soleil a glissé derrière un sommet.

Tout d'un coup il fait froid.

— Tu vois, Moshé, mes parents n'étaient pas antisémites.

Tu me parles d'un champ à Condéon, après la guerre. Un trou au milieu du champ, avec des galeries qui remontent vers les écuries, le manège, le rond de voltige où ton père dressait les chevaux. C'est par ces tunnels qu'ils passaient, les Klein. Pour se retrouver à l'abri, cachés par les blés. Il y avait deux chambres souterraines, des provisions, s'ils avaient dû rester plusieurs jours dans la planque. À la Libération, ton père s'est toujours refusé à reboucher le trou. En souvenir des Klein. J'y pense maintenant. Dans les boîtes de Noël, les chocolats représentaient de belles têtes de pur-sang.

J'ai regardé ma montre. Nous avions prévu de nous promener à Nice. Tu sembles repousser ce moment. Tu préfères marcher dans la garrigue, au soleil. On a quitté à regret le café d'Ascros, ses joueurs de cartes et ses boulistes. Maintenant tu emplis tes poumons d'air vif. Tu avances d'un pas hésitant sur les petits chemins bordés de murets en pierre sèche, la main agrippée à mon bras. Une chèvre à robe cannelle t'accueille dans un pré en bêlant, les pattes avant posées sur les rebords d'une vieille baignoire recyclée en abreuvoir. Elle te regarde avec ses yeux fendus, deux grains de café. Au loin la mer s'irise, une plaque de tôle ondulée. Tu es heureuse d'être là. Tu me parles mais je me demande encore à qui tu parles. Le vent emporte tes mots. Cette fois c'est à moi ton fils que tu t'adresses. Oui, petite maman, j'ai prévenu Sylvie et les enfants. Ils nous rejoindront demain. Tu as cueilli une branche de mimosa. Petits pompons jaunes dans le bleu provocant du ciel. Je redécouvre sur ton visage les taches de rousseur que je croyais disparues. J'avais mal vu. Trop vite, de trop loin. Je ne t'ai pas regardée depuis tant d'années.

Tu as dit « si on rentrait ». Tu n'as pas ajouté « chez nous » mais je crois bien que j'ai entendu ces mots, pour les avoir tant espérés autrefois, quand je n'avais pas pied dans ta tristesse. Avoir un « chez-nous », comme au Grand-Parc, comme jadis ici, deux ou trois jours à peine, dans la chambre d'une maternité, avant qu'on nous sépare.

IV

On s'est laissés glisser

On s'est laissés glisser jusqu'à Nice. Une odeur d'huile chaude empestait dans la voiture. Une révision s'imposait. Je verrais ça plus tard. On ne disait plus rien, assommés par ces journées de route. La nuit était tombée d'un coup. De minuscules étoiles scintillaient dans le ciel lustré. J'avais réservé une deuxième chambre à la pension de la rue Milton-Robbins. La patronne n'avait pas reloué la mienne. Tu es montée te coucher sans dîner. J'essayais de réaliser ce qui arrivait. Nous étions ensemble à Nice. Pour la première fois de notre vie. La première fois depuis cinquante-sept ans, cinq mois et vingt-trois jours.

Le lendemain tu t'es réveillée tôt. Tu voulais voir la mer, ses petites vagues courtes et nonchalantes. Je t'ai rejointe sur la terrasse du petit déjeuner. Des éclats dorés s'accrochaient à tes cheveux. La lumière de Nice t'allait bien. Tu m'as paru jeune, maman. Le soleil avait aboli le temps. Tu t'es mise à parler de tes années ici, longtemps après ma naissance. Tu voulais retrouver ce que tu avais à peine entrevu l'été de tes dix-sept ans, l'éblouissante chaleur de la Côte, une vie qui n'existait nulle part ailleurs.

La possibilité d'une deuxième chance. Tu te souviens qu'en t'installant dans ton studio du Mont-Boron, au début de l'an 2000, tu as commencé par trier tes vêtements. Une pile pour ceux que tu gardais, une autre pour ceux que tu donnais. Étaient réapparus ces habits de bohémienne que tu affectionnais à l'époque du Temps perdu, les jupes étroites à la taille qui se prolongeaient en larges jupons de dentelle et de volants multicolores, les vestes à grosses manches bouffantes, moitié velours, moitié tissu. Tu les as toutes enfilées devant ton grand miroir ovale. Tu as dit adieu à tes trente ans, à tes quarante aussi. Tu n'as conservé que deux ou trois parures, les plus spectaculaires, celles qui faisaient se retourner les hommes dans la rue, et les femmes aussi, autrefois à La Rochelle, devant ce mélange de Gitane et d'Arlequin aspergé de Shalimar. À Nice tu avais changé de peau. La plupart de ces vêtements, m'as-tu dit d'une voix détachée, tu les as donnés à une amie infirmière. Après, elle les a confiés à sa fille qui dirige une troupe de théâtre. J'aime cette idée que, certains soirs, de jeunes comédiennes brûlent les planches avec un peu de toi sur elles. Nous allions nous lever quand le docteur Novac est venu nous saluer. Il a dit à Lina ce que je ne savais pas lui dire, qu'elle était resplendissante et que j'avais beaucoup de chance.

On a marché jusqu'à la Promenade. Tu gardais un mauvais souvenir de ta dernière baignade ici. Une méduse t'avait brûlée de l'aine jusqu'au sein. Un coup de fouet mauve en travers du corps. La blessure t'élança pendant de longs mois. Comme on approchait des plages, un attroupement s'était formé à hauteur des Ponchettes. Des camions de pompiers étaient garés en enfilade, gyrophares allumés. Un cordon de sécurité interdisait tout accès. Un gardien de la paix nous a fait signe de nous éloigner vers la pergola. « Une bombe de la Deuxième Guerre, a lancé le policier. 250 kilos de TNT. Mieux vaut ne pas être dans les parages si elle explose. » Nous sommes repartis en direction du Negresco. Tu ne cessais de te retourner, comme si les grues et les hommes-grenouilles allaient remonter autre chose qu'un engin de mort. Les badauds de la Prom' ont pris d'assaut les marchands ambulants de socca. Les gens disent que depuis la plantation de nouveaux palmiers, c'est plus beau qu'avant l'attentat. On annonce des températures inhabituelles pour la saison. Tu respires l'air de Nice. Le même air qu'il y a longtemps. L'air de tes dix-sept ans. Un air lourd qui collait à la peau. Tu retrouves les odeurs, les parfums mêlés d'huile d'olive et d'oignons grillés. Tu penses que toi et moi on a un petit air de famille avec Nice. Un énorme bateau s'éloigne du port. Un ferry à coque jaune en route pour la Corse. Ton regard se détourne. Les pompiers et les plongeurs sont repartis avec la bombe. Le danger est écarté. Reste l'azur bleu intense, et dessus la tache flamboyante du ferry. On devrait se débarrasser du crocodile une bonne fois. Betty Legrand le vendrait un bon prix j'en suis sûr, avec une peau pareille. Tu as commencé une phrase et tu l'as laissée en suspens comme le boomerang de Sinh.

Je ne t'ai pas entendue tomber. Je regardais ailleurs. Tu as disparu du paysage. Tu étais là et soudain tu n'y étais plus. Je t'ai vue étendue sur le sol, ta chute n'a fait aucun bruit. J'ai voulu te relever mais déjà le gardien de la paix se précipitait avec son brassard rouge, suivi par deux pompiers qui rentraient à la caserne. Tout a été si vite, je n'ai pas eu le temps d'avoir peur. Tu n'avais plus beaucoup de pouls mais tu respirais faiblement. Les hommes ont sorti une civière de leur camion et t'ont emmenée au son de leur sirène. J'ai suivi le camion avec la voiture jusqu'à l'hôpital de Cimiez, sur l'avenue Reine-Victoria. On croirait un hôtel de la Belle Époque défendu par ses inévitables palmiers. J'ai trouvé une place pour me garer.

« Je ferai comme si tu étais morte. »
La petite phrase m'attendait sur le parking.

Un interne a voulu me parler. C'était déjà le début de l'après-midi. J'ai prévenu François et Jean sans trop les alarmer. Et aussi Sylvie. Les fatigues du voyage, l'émotion de revoir Nice, ses troubles de vision qui lui donnaient de violents maux de tête : les raisons du malaise de notre mère étaient faciles à deviner. « Il y a eu un problème mais tout est sous contrôle », a dit l'interne d'une voix apaisante. Je suis resté assis. Il s'est penché vers moi comme on s'adresse à un enfant. « Une réaction à l'iode. Sa tension est tombée brutalement. Ne vous inquiétez pas. Elle se repose. — Je peux la voir ? — Bien sûr. Ne soyez pas surpris par sa pâleur. » Il a répété : « Tout est sous contrôle. » Il n'a pas prononcé le mot « coma ».

Lina disparaît sous les draps blancs. Un monitoring indique les pulsations de son cœur, la pression dans ses artères. Elle dort. Son visage s'est complètement relâché. Ses appareils auditifs sont bien enfoncés dans ses oreilles. Ses paupières closes sont parcourues d'ondes électriques. Je me demande si elle va les ouvrir pour voir qui est là, si elle a senti ma présence. J'espère. Je me trompe. «Un coma léger», m'a soufflé l'interne à la porte de ta chambre. J'avais bien entendu ce qu'il ne m'avait pas dit. D'un ton insistant il a ajouté : «Il ne faudra pas hésiter à lui parler, ça l'aidera à revenir.»

Je sais à quoi m'en tenir. Lina est partie loin. À moi de la ramener parmi les vivants.

Je n'avais rien avalé depuis le matin. J'ai marché jusqu'au cours Saleya. J'avais les jambes en coton. J'ai acheté une part de socca et bu un chocolat chaud à la terrasse d'un bistrot. J'ai toujours besoin de sucré quand je panique. Après je suis reparti vers l'hôpital. J'ai rappelé François et Jean. Ils arriveront après-demain matin, Sylvie et les enfants dans la soirée. Les paroles de l'interne m'ont paralysé. «Ne pas hésiter à lui parler.» Parler à ma mère. De toute ma vie je n'ai jamais réussi.

Le silence.

La blancheur du silence.

Le vert des hautes palmes dans l'embrasure de la fenêtre entrouverte. Un rayon de soleil oblique vient se casser sur le rebord de ton lit. À peu de chose près, elle devait ressembler à ça, la chambre de la maternité où tu m'as fait naître. Nous sommes seuls comme au premier jour, avec la vie qui s'attarde sur ton visage, qui marque une hésitation, pas sûr qu'elle reste.

J'ai attrapé une chaise pour venir m'asseoir près de toi. J'avais laissé mes frères à cette place, l'autre fois, dans ta maison, quand tu nous as appris pour ta petite fille. Ils avaient pris tes mains, je me tenais à distance. À mon tour de m'en saisir. Elles sont inertes et usées, des mains qui ont travaillé, secouru, nettoyé, réparé, tenu bon, des mains douces, des mains seules comme abandonnées. Mon index remonte tes lignes de cœur et de vie, je suis incapable de les distinguer, un réseau de lignes mystérieuses tailladées de minuscules affluents, lignes d'où sont partis tant d'espoirs refoulés, de caresses à vide. J'observe ce registre intime, ses rides profondes, je réalise une fois de plus que je ne te connais pas. Je cherche quoi te raconter. Ne me viennent que des banalités. Je me demande comment vont tes arbres fruitiers, qui s'occupe de tes chats, si tu as pris ta carte Vitale. J'inspecte cette chambre aux murs immaculés. J'écoute le silence. Il me dit forcément quelque chose. Je me suis assis face à la fenêtre. Mon regard glisse au-dehors. Nice pastel, couleur de sorbet. Tout semble atténué, l'éclat du jour, le haut-le-cœur des sentiments. Curieusement je me sens bien, paisible à tes côtés. Nous ne sommes pas là par hasard. C'est le boomerang de Sinh qui m'a mis sur la voie. Ses voltes dans le soleil. Ses pales brillantes qui tournent sans cesse. Sa trajectoire fascinante décrit la courbure du temps. Elle nous parle en secret, nous raconte notre histoire. La fin est dans le début. Notre fin était inscrite ici depuis toujours, puisque tout avait commencé dans ce décor, dans un jour bleu. Nous ne sommes pas nés, petite maman, mais nous ne demandons qu'à naître. Renaître l'un à l'autre dans cette chambre de Cimiez. Réparer nos débuts manqués. Nous sommes là pour une mise au monde. Notre vie aura la fulgurance d'une flèche. Cette fois je n'hésiterai plus. Je pourrai me rendre les yeux fermés sur les lieux de ma naissance. Je dirai à Sylvie et aux enfants : je suis né dans cette lumière.

Tu as remué. Un mouvement imperceptible. Cependant je n'ai encore rien dit. Il faudrait tirer un fil. Je pense aux trois Parques de l'Antiquité, l'une tisse le fil de la vie, une autre décide de sa longueur, la dernière le coupe et c'est la mort. Je ne dois pas me tromper. Tirer le bon fil, le plus long possible.

J'en suis sûr maintenant. On serait restés à Nice, tout le monde nous aurait oubliés, ta mère, Paul, Moshé, tout le monde. Au début ils auraient lancé des recherches puis ils se seraient découragés. On aurait disparu. On se serait fondus dans le bleu. On nous aurait fichu la paix. Plus personne n'aurait entendu parler de nous. On aurait fait partie de ces gens qui s'évaporent mystérieusement, on les croit morts ou envolés pour Caracas mais en vrai ils ont seulement bougé d'une rue et parce qu'ils ont décidé de changer, nul ne les reconnaît. Nice serait devenue notre île au soleil. On se serait regardés grandir. On aurait pris notre temps. On se serait libérés du temps des autres, de leurs regards de travers, de la méchanceté des hommes. On n'aurait manqué à personne et personne ne nous aurait manqué. On aurait retrouvé la maison aux hamacs chargés de livres. On serait entrés, on se serait installés. On se serait coulés dans les noms inscrits sur la boîte aux lettres. On aurait décidé que c'était chez nous. Que c'était nous. Puis on aurait inventé une vie qui balance mollement, avec des couchers de soleil comme des flans au caramel.

Je pense à nous, petite maman.

Notre amour s'est cassé comme une ampoule. Tout s'est éteint brusquement.

Tu ne m'aimais jamais assez puisque je t'aimais toujours trop. Je ne te voyais pas comme tu étais. Il suffisait pourtant d'ouvrir les yeux. Tu l'as fait à l'instant mais tu les as refermés aussitôt. Si tu pouvais recommencer.

J'ai l'impression que tu m'écoutes. Une vibration du silence.

Je te regarde. C'est la première fois que je te regarde.

Ce que je vois, je ne l'avais jamais vu.

Je n'avais jamais voulu le voir.

J'espérais tant ressembler à Michel puis à Moshé. Je n'avais pas remarqué combien je te ressemblais, petite maman. Tous les arrondis, tout ce qui adoucit les arêtes et les angles de mon visage, c'est toi. Ce que je garde de candeur, d'étonnement dans le regard, un soupçon d'enfance, c'est toi aussi. On ne s'est pas perdus, au bout du compte, puisque tu m'as modelé. J'ai été ton premier pain d'argile. Je ne suis pas bonne pâte. Je peux être cassant. Tu as dû t'échiner pour m'assouplir. Le résultat est sous tes yeux, que tu viens d'ouvrir encore plus grands. Nous nous libérons des calendriers, des papiers trafiqués à la mairie de Nice. Sous mon masque Signorelli, derrière les fissures, les craquelures, percent mes couleurs d'origine, mon côté Labrie, celui que j'appelais avec mépris mon mauvais côté. Le vrai, au fond. Le tien, le mien, après la défaite des pères. Nous deux dans une chambre blanche à Nice. Tu es Lina Labrie. Tu as repris ton nom d'enfant. Tu es Lina Labrie, une jeune fille de bientôt soixante-quinze ans. Tu rouvres les yeux par intermittence. Je te souris. Tu es loin mais tu te rapproches. Le soleil se faufile à travers les jalousies. Je me demande si le monde existe encore. Une douce lumière strie ta figure. Tu es une princesse d'Égypte, tes cheveux flamboyants sur la taie d'oreiller. Je t'entends respirer paisiblement. J'attends que tu te réveilles comme ce jour de tes dix-sept ans où tu m'as fait le plus beau des cadeaux. Il est cinq heures du soir et nous venons de naître.

I. Un dimanche de décembre   9

II. Dans l'avion pour Nice   35

III. Je ferai comme si   179

IV. On s'est laissés glisser   253

Œuvres d'Éric Fottorino (suite)

Récits cyclistes

Aux Éditions Gallimard

PETIT ÉLOGE DE LA BICYCLETTE, Folio 2 € n° 4619, 2007.

PETIT ÉLOGE DU TOUR DE FRANCE, Folio 2 € n° 5607, 2013.

Aux Éditions Denoël

LE TOUR, 100 images, 100 histoires (avec Jean-Marie Leblanc, Jean-Paul Ollivier et Bernard Thévenet), coédition avec AFP, 2013.

Chez d'autres éditeurs

JE PARS DEMAIN, *Éditions Stock*, 2001, prix Louis-Nucera (Folio n° 5258).

LA FRANCE VUE DU TOUR (avec Jacques Augendre), *Éditions Solar*, 2007, prix Antoine-Blondin.

Albums

Aux Éditions Gallimard Loisirs

LE TIERS SAUVAGE (avec Aldo Soares), 2005.

MARÉE BASSE (avec Éric Guillemot), 2006.

LA BELLE ÉCHAPPÉE. Un Tour de France autrement (avec Mickael Bougouin, Thierry de Lestrade et Sylvie Gilman), 2014.

Aux Éditions Philippe Rey

FEMMES ÉTERNELLES (avec Olivier Martel), 2011.

BERBÈRES (avec Olivier Martel), 2012.

Aux Éditions Calmann-Lévy

PLANTU, 50 ANS DE DESSIN, 2018.

Reportages

Aux Éditions Denoël

EN AFRIQUE (avec Raymond Depardon), 2014.

PARTOUT SAUF EN AFRIQUE (avec Marc Riboud), 2014.

MES MONSTRES SACRÉS (avec Raymond Depardon, Jean-Pierre Bonnotte, Richard Dumas, Ulf Andersen, Stéphane Lavoué et Léa Crespi), 2015.

J'AI VU LA FIN DES PAYSANS (avec Raymond Depardon), 2015.

Composition : IGS-CP
à L'Isle-d'Espagnac (16).
Achevé d'imprimer
sur Roto-Page
par l'Imprimerie Floch
à Mayenne, en septembre 2018.
Dépôt légal : septembre 2018.
1ᵉʳ dépôt légal : juin 2018.
Numéro d'imprimeur : 93203.

ISBN 978-2-07-014112-8 / Imprimé en France.

346259